TRANZLATY

El idioma es para todos

Lingua est pro omnibus

La Metamorfosis

Transmutatio

Franz Kafka

Español / Latin

Primera parte

Pars prima

Cuando Gregorio Samsa se despertó una mañana de un sueño intranquilo, se encontró en su cama convertido en una monstruosa alimaña.

Cum Gregor Samsa evigilans unum mane e somniis turbatis, se transformatum in lecto suo in vermiculum monstrosum invenit.

Yacía sobre su espalda dura, como una armadura.

Iacuit in armis quasi dorsum durum

y vio, si levantaba un poco la cabeza, su vientre abovedado y marrón dividido por refuerzos arqueados

viditque, si paululum elevato capite, concamerato, ventre brunneo arcuatis rigidis divisam

porque el vientre, a cuya altura la manta, a punto de deslizarse por completo, apenas podía sostenerse

quia venter, in cuius summa stratum erat, delabi omnino paratus, vix tenere poterat

Sus numerosas piernas, lamentablemente delgadas en comparación con su tamaño habitual, parpadeaban impotentes ante sus ojos.

Crura eius multa , miserabiliter graciles , prae magnitudine solitae , ante oculos eius inermes terunt

«¿Qué me ha pasado?», pensó.

» Quid accidit mihi?

Pero no fue un sueño

Sed non erat somnium

Su habitación, una auténtica habitación humana, aunque un poco pequeña, se encontraba tranquilamente entre las cuatro paredes conocidas.

Cubiculum eius, cubiculum verum humanum, parum nimis parvum, inter quattuor notos parietes tacite iacebat

Sobre la mesa, sobre la que se extendía una colección desmontada de muestras de tela, colgaba el cuadro

Supra mensam, in qua disgregata pannum specimina collecta sunt, emissa est pictura

Samsa era un viajero y por lo tanto tenía la colección de muestra de productos textiles.

Samsa viator erat et ideo bona pannorum specimen collectionis habuit

La imagen que había recortado recientemente de una revista ilustrada.

tabula nuper excisum illustratum emporium

y había colocado el cuadro en un bonito marco dorado.

et imposuit picturam in corpore eleganti et inaurato

La imagen mostraba a una dama.

Depingitur imago domina

Una dama sentada erguida con un sombrero de piel y una boa de piel.

domina sedens rectus gerit pilum petasum et furrure Boa

Una dama con un pesado manguito de piel, en el que había desaparecido todo su antebrazo, se levantó hacia el espectador.

domina cum pallio gravi obvoluto, in quo totum bracchium eius evanuerat, versus inspectoris levavit

Gregor miró entonces hacia la ventana y el tiempo gris...

Gregor tum ad fenestram respexit et obscurum tempestatem

Se podía oír las gotas de lluvia golpeando la ventana.

tu exaudi stillicidia Preme fenestram

El clima lo puso muy melancólico.

tempestas est ipsum melancholici

¿Qué tal si duermo un poco más y me olvido de todas estas tonterías?, pensó.

Quid, si paulo diutius dormiam et nugas istas obliviscar?

Pero eso era completamente inviable.

sed omnino inexpugnabilis

porque estaba acostumbrado a dormir sobre su lado derecho

quia solebat dormire dextro

Pero en su estado actual no podía llegar a esa posición.

sed in statu praesenti non poterat se in hunc locum deducere

No importaba con cuánta fuerza se lanzara hacia su lado derecho, siempre se balanceaba hacia atrás hasta la posición supina.

Quantumvis laboriose se in dextrum latus proiecit, semper in supinum recidit

Probablemente lo intentó cientos de veces.

Probabiliter centies probavit

Cerró los ojos para no ver las piernas inquietas.

Oculos clausit, ne viderent fidgeting pedes

y sólo se detuvo cuando empezó a sentir un dolor leve y sordo en el costado que nunca antes había sentido.

isque tantum substitit, cum leuem et hebetem lateris dolorem sentire coepisset, quod numquam antea senserat

Oh Dios, pensó, "¡qué profesión tan agotadora he elegido!"

O Deus, quam strenuam elegi professionem!

Día tras día en el viaje

dies in, die, ex itinere

El entusiasmo empresarial es mucho mayor que en el negocio real en casa.

Negotium tumultus multo maior est quam in ipsa re domi

Y además tengo esta plaga de viajar.

et praeterea habeo hanc pestem peregrinandi

Las preocupaciones por las conexiones ferroviarias y la comida irregular y mala.

curarum de comitatu hospites et irregulares, malos cibos

Una interacción humana siempre cambiante, nunca permanente, nunca cálida.

semper mutabilis, numquam permanens, numquam calefactus commercium humanum

"¡Que el diablo se quede con todo!"

"Diabolus habeat omnia".

Sintió un ligero picor en la parte superior del estómago.

Sensit parvam pruritum in cacumine ventriculi sui

Se movió lentamente sobre su espalda más cerca del poste de la cama.

tardius movit supinus propius ad stationem

Para poder levantar mejor la cabeza

ut possit levare caput melius

Encontró el punto que le picaba y que estaba cubierto de pequeños puntos blancos.

scabiosam invenit maculam, quae obsita erat punctis parvis albis

Pequeños puntos blancos que no podía juzgar.

parvis punctis albis se non judicare

y quiso tocar el lugar con una pierna

et cum uno crure maculam tangere voluit

pero inmediatamente retiró la pierna

sed statim crus retro traxit

porque cuando tocó el deporte sintió un escalofrío

quia, cum risum tetigit, gelidum sensit

Volvió a su posición anterior.

Relapsus in priorem locum

«Despertarse tan temprano», pensó, «te vuelve bastante estúpido».

"Tam expergefactus," cogitabat, "facit satis stultum."

"El hombre debe tener su sueño"

"Homo debet habere suum somnum"

»Otras viajeras viven como mujeres de harén«

»Alii peregrini sicut harem mulieres vivunt«

»Por la mañana transfiero los pedidos que he recibido«

» Mane transfero mandatum quod accepi ».

»En este momento estos señores están desayunando«

»Hunc homines isti tantum ientaculum habent«.

«Debería intentarlo con mi jefe».

» Conor ut bulla mea «

«Me echarían inmediatamente»

» Ego statim foras mittetur ».

»Pero quién sabe si eso no sería muy bueno para mí.«

sed quis scit an non sit mihi valde bonum.

Si mis padres no me hubieran frenado, habría dejado el estudio hace mucho tiempo.

Si a parentibus meis non detentus essem, iamdudum quietus essem

Me habría enfrentado al jefe y le habría dicho mi opinión desde el fondo de mi corazón.

Surgens volo ad bulla et nuntiavit ei meam sententiam ab imo corde meo

«¡Debería haberse caído del escritorio!»
» Debuit de tabula decidisse!
»También es una forma extraña de sentarse en el escritorio«
»Est etiam miro modo sedere in scrinio«
»Y también es una forma extraña de hablarle con
condescendencia al empleado«
» estque etiam alienus modus dicendi ad operarium «
»Debido a la pérdida auditiva del jefe, tienes que acercarte
mucho«
»Propter damnum auditus umbo, proxime accedas«.
»Bueno, la esperanza aún no está completamente perdida«
» Bene, spes nondum est tota deperdita ».
»Una vez que tenga el dinero para pagar la deuda que tienen
mis padres con él, definitivamente lo haré«
» Cum pecuniam mihi solvendi debiti parentes illi habuero,
certum faciam.
Probablemente tardarán otros cinco o seis años.
» Probabile erit alterum quinque ad sex annos accipere«
»Entonces se hará la gran separación«
»Tunc magna separatio fietur«
»Pero por el momento debo levantarme«
» Tantisper autem surgere oportet ».
»Porque mi tren sale a las cinco«
»Quia agmen meum relinquit ad quinque«
Y miró el despertador que hacía tictac en la caja.
Et horologium utilitatem in capsa intuebatur
«¡Padre Celestial!», pensó.
» Pater caelestis!
Eran las seis y media y las manecillas avanzaban
silenciosamente.
Erat dimidium praeteritum sex et manus quiete progredi
Incluso las seis y media ya habían llegado y se habían ido
dimidium praeteritum sex iam et abiit
Ya se acercaba las siete menos cuarto
iam accessus ad quartam Sept
¿Tal vez la alarma no sonó?
Fortasse non anulus terror?

Desde la cama se podía ver que el despertador estaba programado correctamente para las cuatro.

Videres e lecto illum horologii terrorem in hora diei recte positum esse

Seguramente había sonado el despertador

profecto horologium pulsaverat

Sí, pero ¿era posible dormir con ese sonido que hacía temblar los muebles?

Sed dormire potuit per tinnitum istum supellectilem quatientem?

Bueno, no había dormido tranquilo, pero probablemente lo más profundo

Non enim placide dormivit, sed probabiliter altius

¿Pero qué debería hacer ahora?

Sed quid nunc agat?

El siguiente tren no salía hasta las siete.

Postero agmine non relinquit usque ad horam septimam

Para alcanzar el tren, habría tenido que apresurarse sin sentido.

hamaxosticho adsequi oportuisset insensibiliter

y la colección de muestras de tela aún no estaba empaquetada

et in sample collectione de bonis pannis nondum refertis

y él mismo no se sentía particularmente fresco y ágil

nec ipse in primis recentibus et agilibus sentiebat

Y aunque alcanzara el tren, un regaño del jefe era inevitable.

Et etiam si hamaxosticho raptus erat, necesse erat obiurgatio e bulla

porque el empleado estaba esperando el tren de las cinco y hacía tiempo que había informado de su ausencia

quia clericus ad quintam horam expectaverat et iam pridem renuntiaverat absentiam suam

Era una criatura del jefe, sin columna vertebral ni sentido.

Bulla creatura erat, sine narum et sensu

¿Qué pasa si llama diciendo que está enfermo?

Quid si male vocavit?

Pero eso sería extremadamente embarazoso y sospechoso.

Sed id esset valde incommodi et suspiciosum

Porque Gregor no había estado enfermo ni una sola vez durante sus cinco años de servicio.

quod Gregorius semel in quinquennio servitii non aegrotavit

Seguramente el jefe vendría con el médico del seguro médico.

Num dominus veniret cum medico valetudinis assecurationis

Él culparía a los padres por su hijo perezoso.

parentes filio piger culparet

y cortaría todas las objeciones remitiéndose al médico del seguro médico.

et abscinderet omnes obiectiones referendo ad sanitatem assecurationis doctoris

Para él sólo hay personas completamente sanas, pero que no se preocupan por el trabajo.

illi non solum sunt omnino sani, sed laboriosi homines

Y, para ser justos, ¿estaría completamente equivocado en este caso?

Et in omni aequitate, num in hoc casu omnino erraret?

Gregor en realidad se sintió bastante bien.

Gregorius sensit satis bene

Aparte de una somnolencia realmente innecesaria después del largo sueño.

absque re necessaria dormiendi longo somno

Y hasta tenía un hambre particularmente fuerte.

ac etiam in primis magnam famem habebat

Mientras pensaba en todo esto con gran prisa, el despertador dio las siete menos cuarto.

Haec dum propere cogitans, horologium terror incussit quartam partem ad septem

Y hubo un suave golpe en la puerta en la cabecera de su cama.

et pulsare lenem ad caput lecti

—Gregor —gritó alguien, era la madre—, son las siete menos cuarto.

"Gregor" appellabat quidam - mater erat - "quarta septem est."

-¿No querías irte? -preguntó la suave voz.

»Nonne vis discedere?« Lenem vocem rogavit

Gregor se asustó cuando oyó su voz de respuesta.

Gregor territus est cum vocem eius respondentem audiebat

La voz era inequívocamente la suya anterior.

vox haud dubie pristina fuit

Pero en la voz, como si viniera desde abajo, se había mezclado un doloroso chillido.

sed in voce, quasi ex inferis, stridore stridore commixtum erat

Sólo al principio la voz parecía formar palabras con cierta claridad.

Solum primum vox aliqua perspicuitate verba formare videtur

Pero en el eco mental la voz se quebró de tal manera que uno no sabía si había escuchado correctamente.

sed in mentis echo vox ita fregit ut nesciretur an recte audivisset

Gregor quería responder con detalle y explicar todo.

Gregorius singillatim respondere voluit et omnia explicare

Pero en estas circunstancias se limitó a decir:

sed in his adiunctis se finiebat dicens:

-Sí, sí, gracias, mamá, ya me levanté.

» Ita, sic, tibi gratias, mater, iam sum sursum ».

Debido a la puerta de madera, el cambio en la voz de Gregor probablemente no se notó desde afuera.

Propter ostium ligneum, mutatio vocis Gregor foris notabilis erat

porque la madre se calmó con esta explicación y sorbió.

quia mater hac expositione sedata se proripuit

Pero la pequeña conversación había llamado la atención de los demás miembros de la familia.

Sed colloquium parvum deprehendit aliorum membrorum familiarium attentionem

Gregor todavía estaba en casa y no fue a trabajar.

Gregor domi adhuc erat et ad opus non pergebat

y el padre golpeó la puerta lateral, débilmente, pero con el puño.

et pater lateraliter pulsavit aegre, sed pugno

Gregor, Gregor, gritó, "¿qué pasa?"

Gregor, Gregor, clamavit "quid est?"

Y al cabo de un rato volvió a advertir con voz más grave: «¡Gregor! ¡Gregor!».

Et post paululum iterum alta voce monuit: "Gregor! Gregor!"

Pero en la otra puerta lateral la hermana preguntó en voz baja:

In altero autem foribus soror tacite requisivit.

Gregor, ¿no te encuentras bien? ¿Necesitas algo?

Gregor? Nonne vales? Num quid opus est?

Gregor respondió a ambas partes: «Ya he terminado».

Gregor ad utramque partem respondit: «Iam consummatus sum».

y se esforzó por eliminar todo lo que llamaba la atención con la pronunciación más cuidadosa.

et ea omnia, quae diligentissima pronuntiatione conspicua erant, auferre nitebatur

El padre también volvió a su desayuno.

Pater etiam ad prandium suum rediit

Pero la hermana susurró: "Gregor, ábreme, te lo ruego".

At soror insusurravit: "Gregor, aperi, quaeso."

Pero Gregor no tenía intención de abrir.

Sed Gregorius non habuit intentionem aperiendi

En cambio, se elogió a sí mismo por la cautela que había adquirido mientras viajaba.

sed se laudavit pro cautela peregrinandi

También ha aprendido a cerrar con llave todas las puertas de casa durante la noche.

noctu etiam domi fores claudere omnes didicit

Primero quería levantarse y vestirse tranquilamente y sin ser molestado.

Primo voluit surgere et vestiri quiete et quiete

y luego quiso desayunar

et prandium habere voluit

Y sólo entonces quiso considerar la situación más a fondo.

et tunc demum de situ ulterius considerare voluit

Porque sabía que en la cama no llegaría a ninguna conclusión sensata pensando en ello.

quia sciebat quod in lecto non esset aliquid sensibile cogitando
A menudo había sentido un ligero dolor causado quizás por estar acostado de forma incómoda.
saepe levi dolore percepit fortasse inconcinne mendacem
Dolor que resultó ser pura imaginación al levantarse.
Dolor, qui evasit pura imaginatione, cum surrexerit
y tenía curiosidad por ver cómo sus ideas actuales se disolverían gradualmente
et curiosus erat videre quomodo notiones currentes paulatim dissolverentur
Quizás el cambio de voz no era más que el presagio de un resfriado severo.
Fortasse vocis mutatio nihil aliud fuit quam gravissimi frigoris praenuntia
No tenía ninguna duda al respecto.
Non dubitabat
Era simplemente una enfermedad profesional de los viajeros.
an occupational morbus erat sicut viatorum
Quitarse la manta fue fácil
Abiectis stragulum facile
Sólo tuvo que inflarse un poco y la manta cayó sola.
iustus parum se inflare et stragulum ab se decidisse
Pero seguía siendo difícil, sobre todo porque era increíblemente ancho.
sed difficilis perseuerat, praesertim quia incredibiliter lata erat
Habría necesitado brazos y manos para ponerse de pie.
Armis manibusque stare necesse fuisset
Pero en lugar de brazos y manos sólo tenía muchas piernas pequeñas.
sed pro brachiis et manibus tantum crurum habuit sortem
Piernas que estaban constantemente en diversos movimientos.
Crura assidue in variis motibus erant
Piernas que no podía controlar
Pedes eum regere non poterat

Si quería doblar una de sus piernas, era la primera que se estiraba.

Si vellet flectere unum e cruribus, primus erat qui extendit

Cuando finalmente logró hacer lo que quería con esta pierna, las otras piernas comenzaron a temblar.

Cum tandem hoc crus facere voluit, ceteri crura vellicare inceperunt

Mientras tanto, todas las demás piernas se movían como si las hubieran liberado, en una excitación extrema y dolorosa.

Interim ceteri omnes crura mota quasi emissi, extrema cum dolore excitati sunt.

«No te quedes en la cama sin ningún motivo», se dijo Gregor.

"Tanquam sine causa in lecto ne maneas", Gregor ad se dixit.

Primero quiso levantarse de la cama con la parte inferior del cuerpo.

Primo cum inferiore corporis parte e lecto surgere voluit

Pero esta parte inferior, que aún no había visto, resultó demasiado difícil de mover.

inferior autem haec pars, quam nondum viderat, nimis difficilis erat ad movendum

Finalmente, casi salvaje, con todas sus fuerzas, se impulsó hacia adelante sin dudarlo.

Denique totis fere viribus ferox incunctanter se proiecit

Pero había elegido la dirección equivocada para seguir adelante.

sed elegit partem falsam inferre

y golpeó violentamente el poste inferior de la cama

et ipse inferiore lectulo post violenter percussit

El dolor ardiente que sintió le enseñó una lección.

ardere dolorem sensit docuit eum

La parte inferior de su cuerpo era quizás la más sensible.

Pars inferior corporis fortasse sensitiva fuit

Por lo tanto, intentó sacar primero la parte superior del cuerpo de la cama.

Itaque corpus suum primum e lecto surgere conatus est

y giró con cuidado la cabeza hacia el borde de la cama.

et deflexit diligenter caput versus partem lecti

Este movimiento cauteloso también le resultó fácil.

Hic motus cautus etiam facile ei fuit

Y a pesar de su anchura y peso, la masa corporal siguió lentamente el giro de la cabeza.

et non obstante latitudine ac pondere corporis molem sensim vertente capite secuta est

Pero cuando finalmente sacó la cabeza de la cama al aire libre, sintió miedo.

Sed cum tandem sub divo lecto caput suum teneret, timuit

Avanzar más de esta manera podría ser peligroso.

ulterius hoc modo periculosum esse

Porque si se dejaba caer así, tendría que ocurrir un milagro para que no se lastimara la cabeza.

quia si ipse sic caderet, mirandum esset si caput eius non laedatur

Y no podía perder la compostura a ningún precio, especialmente ahora.

Nec poterat quoquo modo, praesertim nunc

Decidió que prefería quedarse en la cama.

Manere in lecto maluit

Pero luego, después del mismo esfuerzo, volvió a quedarse allí, suspirando, como antes.

Sed deinde eodem conatu recumbens suspirans, ut prius

Y de nuevo sus pequeñas piernas probablemente lucharían entre sí aún más.

iterumque cruribus verisimiliter contra se invicem etiam magis pugnaret

No vio ninguna manera de traer paz y orden a partir de este caos.

nullo modo videbat pacificare et ordinare ex hoc chao

Se dijo a sí mismo otra vez que no podía quedarse en la cama.

iterum dixit se in lecto manere nullo modo posse

y pensó que lo más sensato era sacrificarlo todo

. . . . . .

Valdría la pena si hubiera la más mínima esperanza de salir de la cama.

tanti esset si vel minimam spem e lecto escendisset

Al mismo tiempo, sin embargo, no se olvidó de recordar algo.

Simul tamen aliquid meminisse non oblitus est

Mucho mejores que las decisiones desesperadas son las reflexiones tranquilas

Multo melius quam desperatis decisionibus tranquillitas cogitationum

En esos momentos, fijaba la mirada lo más nítidamente posible en la ventana.

Talibus momentis oculos quam acerrime in fenestra intendit

Pero, por desgracia, la visión de la niebla matinal trajo poca confianza y alegría.

sed infeliciter visus diluculi parum fiduciae et hilaritatis attulit

La niebla de la mañana incluso cubría el otro lado de la estrecha calle.

Mane caligo et operuit trans vicum angustum

Ya son las siete, se dijo mientras sonaba de nuevo el despertador.

Iam hora septima est, dixit se ipsum sicut horologium insonuit

«Ya son las siete y todavía hay niebla».

» Hora iam est et adhuc talis nebula est«

Y por un rato permaneció en silencio con la respiración débil.

Et aliquamdiu cum infirmis respirationibus quiete jacebat

Como si tal vez esperara el regreso de condiciones reales y evidentes a partir del completo silencio.

ac si forte reditus reales et per se notas condiciones ex toto silentio expectet

Pero luego se dijo: "Antes de que el reloj marque las siete menos cuarto, tengo que levantarme completamente de la cama".

Tunc autem dixit intra se: "Ante horologium ferit quarta pars septem, omnino oportet me esse omnino de lecto".

»**Para entonces vendrá alguien de la oficina a preguntar por mí.**«

»Ergo aliquis ex officio veniam petiturus me».

»**Porque la oficina abre antes de las siete**«

»quia officium ante horam septimam aperit«

Y ahora comenzó a balancear su cuerpo fuera de la cama en toda su longitud, de manera completamente uniforme.

Et nunc e lecto corpus suum per totam longi- tudinem gestare aggressus est, equaliter

Si se cayera de la cama de esta manera, su cabeza probablemente permanecería ilesa.

Si hoc modo e lecto decidit, caput verisimiliter illesum maneret

porque quería levantar bruscamente la cabeza cuando se cayó

quia voluit graviter caput erigere cum cecidit

La espalda parecía dura

Tergum videbatur durum

No le pasaría nada a la espalda si cayera sobre la alfombra.

nihil accideret dorsum, si incidit in tapete

Su mayor preocupación era el ruido fuerte.

Maxima cura erat vociferatione

El choque que ocurriría probablemente asustaría a todos detrás de las puertas.

fragor, qui esset verisimile, omnes post fores terrent

Y si no fuera terror, aún así causaría preocupación.

et si non formido, usque ad causam

Pero había que correr el riesgo de llamar la atención.

Sed periculo notabiliter habenda

El nuevo método era más un juego que un esfuerzo.

novus modus plus of ludus quam conatus

Sólo tenía que balancearse bruscamente

tantum ut silex jerkily

Cuando Gregor ya estaba a medio levantarse de la cama, se le ocurrió algo.

Cum Gregor e lecto iam medium esset, aliquid ei accidit

Qué fácil sería todo si alguien viniera en su ayuda

quam facile omnia essent si quis ei subveniret

Dos personas fuertes –pensó en su padre y en la criada– habrían sido completamente suficientes.

Duo fortes homines - patris et ancillae cogitabat - satis omnino fuisset

Sólo habrían tenido que deslizar sus brazos bajo su espalda arqueada y sacarlo de la cama.

brachiis arcuatis et e lecto tantum decoriabit

Sólo habrían tenido que agacharse con la carga

non solum ad onus inclinare

Ojalá entonces las piernas tuvieran un propósito.

Utinam tunc pedes haberet propositum

Bueno, aparte del hecho de que las puertas estaban cerradas, ¿realmente debería haber pedido ayuda?

Bene, praeterquam quod clausae sunt fores, num vere auxilium imploravit?

A pesar de todas sus dificultades, no pudo evitar una sonrisa ante este pensamiento.

Quamquam omnis labor eius risum supprimere non potuit hac cogitatione

Ya estaba en el punto en el que apenas podía mantener el equilibrio cuando el golpe era demasiado fuerte.

Iam in eo erat ubi libram vix tenere poterat cum adductio praevalebat

y muy pronto tuvo que tomar una decisión final

et cito se adierunt

Porque en cinco minutos serían las siete y cuarto.

quia quinque minuta erat futurum septem

Y entonces sonó el timbre

et insonuit tintinabulum

Es alguien de la oficina, se dijo y casi se quedó congelado.

Ut quis ex officio, in se dixit et quasi adligat

Ahora sus piernas bailaban aún más apresuradamente.

nunc etiam celerius pedes saltaverunt

Por un momento todo quedó en silencio

paulisper quieta omnia

No abrirán, se dijo Gregor, atrapado en una esperanza sin sentido.

Non aperient, Gregor, in se, aliqua spe insensata raptum

Pero luego, por supuesto, como siempre, la criada caminó con firmeza hacia la puerta.

Tum vero, ut semper, ancilla ad ostium firmiter ambulavit

A Gregor sólo le bastó oír el primer saludo del visitante para saber quién era.

Gregor, solum salutationis primam salutationem audire debuit et iam sciebat quisnam esset

El propio secretario jefe vino a ver dónde estaba Samsa.

et ipse dux videbat ubi erat Samsa

¿Por qué Gregorio fue el único condenado a servir en semejante compañía?

Cur solus damnatus est Gregor, ut in tali societate militaret?

Una empresa donde el más mínimo descuido inmediatamente despertaba sospechas.

societas ubi minimam inspectionem statim suspicionem excitavit

¿Eran todos los empleados unos sinvergüenzas?

Omnes conducti improbos?

¿No había entre ellos ninguna persona fiel y devota?

Nullus erat apud eos fidelis et devotus homo?

¿No era realmente suficiente que un aprendiz preguntara?

Itane satis erat discipulos habere?

¿Era realmente necesario este cuestionamiento?

Haec interrogatio omnino necessaria fuit?

¿El representante autorizado tenía que venir personalmente?

Nonne ipse legatus venit?

¿Y era necesario mostrarle esto a toda la inocente familia?

et totam insontem familiam ostendisti?

Gregor se sintió impulsado por estas consideraciones a hacer algo.

His rebus commotus Gregor ad aliquid

Como resultado de una decisión, se levantó de la cama con todas sus fuerzas.

ex consilio, totis viribus se de lecto torsit

Se escuchó un fuerte estruendo, pero en realidad no era un ruido.

Erat fortissima, sed non vere strepitus

La caída fue ligeramente suavizada por la alfombra.

Lapsus tapete leviter emollitus

Además, la espalda era más elástica de lo que Gregor había pensado.

dorsum etiam elasticum quam Gregor

De ahí el sonido sordo no tan perceptible

Unde non tam notabilis sonus obscurus

Sólo que no había sujetado la cabeza con suficiente cuidado y la golpeó.

Solus caput non tenuerat satis diligenter et percussit

Giró la cabeza y la frotó contra la alfombra con ira y dolor.

vertit caput et perfricavit tapete in ira et dolore

«Algo cayó allí», dijo el gerente en la habitación contigua a la izquierda.

»Incidit ibi aliquid«, dixit procurator in conclavi proximo a sinistris.

Gregor intentó imaginarse si al jefe de oficina le podría pasar algo parecido a lo que le había sucedido a él hoy.

Gregor, cogitare conatus est, si quid simile principi clerico accidere posset, sicut hodie ei acciderat.

Había que admitir la posibilidad de esto.

facultas admittenda

Pero como para dar una respuesta cruda a esta pregunta, el jefe de oficina en la habitación contigua dio algunos pasos específicos.

Sed quasi rudem huic quaestioni responderet, princeps clericus in camera proxima paucos proprios gradus sumpsit

y mientras se acercaba a la puerta dejó crujir sus botas de charol.

et cum ad ianuam accederet, stridore cothurno patentes emittit

Desde la habitación contigua a la derecha, la enfermera le susurró a Gregor:

Ex altera camera ad dextram, nutrix ad Gregorium insusurravit:

»Gregor, el representante autorizado está aquí«
» Gregor, authenticus hic est ».
Lo sé, se dijo Gregor.
Scio, Gregor. dixit sibi
Pero no se atrevió a levantar la voz lo suficientemente fuerte para que su hermana lo oyera.
sed non audebat vocem sororis intendere
-Gregor -dijo el padre desde la habitación contigua a la izquierda.
» Gregor, « dixit pater e conclavi proximo a sinistris
»El gerente vino y le preguntó por qué no había salido en el tren temprano.«
» Praepositus venit et quaesivit cur in primo agmine non relinqueres«
No sabemos qué decirle.
Nescimus quid dicam ei
»Por cierto, también quiere hablar contigo personalmente«
» In via etiam ipse tecum loqui vult ».
»Entonces, por favor, abre la puerta«
» Aperi ergo ostium«
«Tendrá la amabilidad de disculpar el desorden en la habitación».
» Satis benevolus erit ad excusandum cibum in conclavi«
-Buenos días, señor Samsa-gritó amablemente el gerente.
"Salve, domine Samsa," procurator amice exclamavit.
No se encuentra bien, le dijo la madre al gerente, mientras el padre seguía hablando en la puerta.
Non bene dixit mater curatori, patre adhuc loquente ad ostium
-No se encuentra bien, créame, señor gerente.
»Non bene, crede mihi, domine Procurator«.
«¿De qué otra manera Gregor perdería un tren?»
»Quomodo Gregor tramine deesset?
»El chico no tiene nada en la cabeza excepto negocios«
» Puer nihil habet in mente nisi negotium ».
»Casi me molesta que nunca salga por las noches«
»Paene molestus sum quod nunquam ad vesperas exit«.

»Estuvo en la ciudad ocho días, pero todas las noches estaba en casa«

» Et fuit in urbe per dies octo, et erat domi vesperi.

»Se sienta en nuestra mesa y lee el periódico o estudia los horarios«

»Ad mensam nostram sedet et acta diurna vel studia intermittit«.

»Es una gran distracción para él cuando está ocupado con el trabajo de la sierra de marquetería«

»Satis est ei distractio cum labore fretsaw«

»Por ejemplo, talló un pequeño marco para cuadros en el transcurso de dos o tres tardes«

»Exempli gratia, duas vel tres vesperas parvas tabulas picturae insculpsit«

«Te sorprenderá lo bonito que es el marco».

» Miraberis quam formosus sit artus «

»El marco está colgado en la habitación«

»Tartus in conclavi dependet«;

»Verás el marco de la foto tan pronto como Gregor abra la puerta«

»Tabulam picturam videbis quam primum Gregor ianuam aperit«

»Por cierto, me alegro de que esté aquí, señor Prokurist«

» Obiter gaudeo quod tu hic es, Prokurist Mr.

«Nosotros solos no hubiéramos conseguido que Gregor abriera la puerta»

» Solus nos non fecissemus Gregoram fores aperire ».

"Él es tan terco"

»Ita pertinax est«

y ciertamente no se encuentra bien, aunque lo negó por la mañana

Et certe non bene, etsi mane negavit

Estaré allí enseguida, dijo Gregor lenta y deliberadamente.

Ibi bene ero, Gregor, lente ac consulte dixit

Pero no se movió, para no perder ni una palabra de la conversación.

sed non movit, ne verbum sermonis amitteret

No puedo explicarlo de otra manera, señora, dijo el jefe de oficina.

Non possum aliter explicare, domine, dixit princeps clericus.

«Espero que no sea nada grave».

»Utinam nihil sit grave«

»Aunque por otro lado debo decir que nosotros los empresarios muy a menudo tenemos que superar una pequeña incomodidad por motivos laborales.«

» Quamvis e contrario necesse est dicere nos persaepe homines negotii habere levem incommodum causarum causa superare ».

-Entonces, ¿puede entrar ya el jefe de oficina? -preguntó el padre impaciente y volvió a llamar a la puerta.

"Potest ergo princeps clericus introire nunc?" Patrem impatiens interrogavit et iterum pulsavit ostium

-No, -dijo Gregor.

»Minime,« inquit Gregor

Un silencio incómodo cayó en la habitación contigua a la izquierda.

Silentium in proximo loco ad sinistram

En la habitación de al lado, a la derecha, la hermana comenzó a sollozar.

In altera camera ad dextram soror incepit flere

¿Por qué la hermana no fue con los demás?

Cur non soror ad alios venit?

Probablemente acababa de levantarse de la cama y ni siquiera había comenzado a vestirse.

Probabiliter mox e lecto evectus erat et ne induit se induit

¿Y por qué lloraba?

Et quare flebat?

¿Porque no se levantó y dejó entrar al gerente?

Quia non surrexit et procurator in?

¿Porque estaba en peligro de perder su trabajo?

quia in periculo amittendi officium suum?

¿Y porque entonces el jefe vendría otra vez a por los padres con las mismas viejas exigencias?

et quia tunc dominus post parentes iterum cum eodem
uetusto postulabat?
**Probablemente eran preocupaciones innecesarias por el
momento.**
Hae sollicitudines supervacaneae fortasse pro tempore fuerunt
**Gregor todavía estaba aquí y no tenía intención de dejar a su
familia.**
Gregor hic adhuc erat et familiam relinquere non habebat
**En ese momento probablemente estaba acostado allí sobre la
alfombra.**
Eo momento in tapete probabiliter iacebat
**Nadie que conociera su condición le habría pedido
seriamente que dejara entrar al gerente.**
nemo, qui condicionem eius cognosceret, graviter eum rogavit
ut procurator in
**Pero debido a esta pequeña grosería, para la que más tarde
se podría encontrar fácilmente una excusa adecuada, Gregor
no pudo ser despedido inmediatamente.**
Sed propter hanc parvam inscitiam, cui facile inueniri potuit
idonea excusatio, statim dimitti Gregorius non potuit
**Y Gregorio pensó que sería mucho más sensato dejarlo solo
ahora, en lugar de molestarlo con llantos y conversaciones.**
Et Gregor. arbitrabatur multo prudentius fore eum nunc
solum relinquere, quam eum clamore et sermone perturbare.
**Pero fue precisamente la incertidumbre la que oprimía a los
demás y excusaba su comportamiento.**
sed ea prorsus dubitatio est, quae alios premebat ac mores
suos excusabat
—Señor Samsa —gritó el gerente en voz alta—, ¿qué sucede?
"Mr. Samsa, elata voce procurator exclamavit, "quid agitur?"
»Te atrincheras en tu habitación«
»In cubiculo tuo te intercludis«.
»Respondes sólo con sí y no«
»Responde modo sic et non«
**»Estás causando a tus padres preocupaciones serias e
innecesarias«**
» Gravis et supervacuas curas parentes tibi causas ».

»y descuidas –por decirlo de paso– tus obligaciones laborales de una manera verdaderamente inaudita«

» et negligitis — hoc modo obiter commemorare — negotia negotia vestra in via vere inaudita«.

Hablo aquí en nombre de tus padres y de tu jefe y te pido muy seriamente una explicación inmediata y clara.

Pro parentibus tuis et bulla hic loquor, teque gravissime rogo ad immediatam et claram explicationem.

Me sorprende... Creí que te conocía como una persona tranquila y razonable.

Obstupesco... Putabam me scire te ut placidum, rationabile hominem.

»Y ahora de repente parece que quieres empezar a desfilar con estados de ánimo extraños«

» et nunc videris subito velle incipere novis modis efferre«

"El jefe me sugirió esta mañana una posible explicación a su fracaso".

"In bulla hoc mihi suadeant mane possibilis explicatio pro defectu tuo."

»Se trataba de la gestión de cobro de deudas que recientemente le habían sido encomendadas«

»Pertinet ad collectionem debiti quae nuper tibi commissa est«.

Pero realmente casi di mi palabra de honor de que esta explicación no podía ser correcta.

sed ego vere paene verbum honoris dedi, hanc explicationem corrigere non posse

"Pero ahora veo tu incomprensible terquedad."

"At nunc video tuam incomprehensibilem obstinationem."

»Y pierdo por completo todo deseo de hacer algo por ti«

» et penitus perdo omnem cupiditatem ad aliquid faciendum pro vobis.

»Y tu posición no es en absoluto la más estable«

» Ac tua dignitas minime stabilis est ».

Originalmente tenía la intención de contarte todo esto en privado.

Ego dico vobis omnia haec privatim principio

Pero ya que me estás haciendo perder el tiempo aquí, no sé por qué tus padres no deberían saberlo también.

Sed quoniam me hic tempus terere facis, nescio cur parentes tui hoc quoque nesciant.

»Su desempeño recientemente ha sido muy insatisfactorio«

»Fictum tuum nuper valde inconveniens fuit«

»No es temporada para hacer muchos negocios, lo reconocemos«

»Non multum negotii tempus agere agnoscimus«

»Pero no existe temporada para no cerrar negocios, señor Samsa.»

»Sed non est tale tempus ut nulla negotiatio non claudat, Mr Samsa «

»No debe haber una temporada en la que no se hagan negocios«

» Tempus non erit in quo non agitur res ».

-Pero señor Prokurist -gritó Gregor fuera de sí-.

» Sed Dominus Prokurist, « Gregor, iuxta se, exclamavit

Y en la emoción se olvidó de todo lo demás.

et in motu omnium oblitus

«Lo abriré ahora mismo, ahora mismo«

» Aperiam ilicet iam «

»Una ligera sensación de malestar, un mareo, me impidió levantarme«

» Levis intempestivus, vertiginis incantator, a me surgere prohibuit ».

»Sigo acostado en la cama«

»Ego adhuc in lecto iacens«

«Ahora me siento fresco de nuevo«

» Nunc recens iterum sentiens «

"Me estoy levantando de la cama"

»Ego iustus e lecto questus«

»¡Un momento de paciencia!«

» Subito patientia!

«No va tan bien como pensaba»

» Non tam bene quam ego cogitabam«

«Pero estoy bien«

»At ego valeo«

«¿Cómo le puede pasar esto a una persona así?»

» Quomodo hoc homini sic accidit?

«Anoche estuve bien, mis padres lo saben»

» heri bene fui, parentes mei sciverunt «

»O tal vez tuve una pequeña premonición anoche«

» vel forte heri paulo praemonitionem habui«

«Deberían haber visto cómo me sentía«

»viderent quomodo sentirem«

»¿Por qué no lo informé en la oficina?«

» Cur non ad officium refero?

Pero siempre piensas que vencerás la enfermedad sin quedarte en casa.

Sed semper existimas te morbum verberaturum esse sine domi manentem

«¡Señor gerente! ¡Libere a mis padres de estas acusaciones!»

» Dominus. Procurator! Parce parentibus meis ab his criminibus!

»No hay razón para todas las acusaciones que estás haciendo contra mí ahora«

» Non est quod omnes nunc criminationes quas in me facis ».

«No me han dicho ni una palabra sobre esto«

»Numquid dixi verbum de illo«

Puede que no hayas leído los últimos pedidos que envié

Non potes legere ultimi ordines quam misi

»Por cierto, todavía estoy viajando en el tren de las ocho.»

»In via, adhuc iter facio per horam octavam«

«Las pocas horas de descanso me han fortalecido«

» Paucae quietis me confortaverunt ».

«No se contenga, señor gerente«

» Noli prohibere, D. Procurator «

"Estaré en la oficina pronto"

» Ego mox in officio ero«.

»¡Y por favor, sea tan amable de decirlo y recomendarme al jefe!«

» et sis tam benignus ut ita dicam et me umbo commendes!

Y mientras Gregorio decía todo esto apresuradamente y sin saber apenas lo que decía, se acercó al palco.

Et dum haec omnia raptim Gregoras proferret et vix sciret quid diceret, pyxidem accessit

y trató de ponerse de pie sobre la caja

et conabatur stare in archa

En realidad quería abrir la puerta.

Volebat etiam ianuam aperire

En realidad quería ser visto y hablar con el representante autorizado.

voluit videri et loqui ad auctoritatem repraesentativam

Estaba ansioso por saber qué dirían los demás, que ahora lo añoraban tanto, cuando lo vieran.

cupidus sciendi quid alii, qui nunc eum tantopere desiderabant, viso dicerent

Si tuvieran miedo, Gregor ya no tendría ninguna responsabilidad y podría estar tranquilo.

Si perterriti essent, Gregorius nullam responsabilitatem haberet et placidum esse posset

Pero si aceptaran todo con calma, entonces no tendría por qué enfadarse.

Quod si omnia placide accédissent, non esset cur everteret

Entonces, si se daba prisa, podría llegar a la estación a las ocho en punto.

deinde, si properaret, actu esse in statione ad horam octavam

Primero se resbaló varias veces de la caja lisa.

Prius aliquoties elapsus e levi arca

Pero finalmente se dio un último empujón y se puso de pie.

sed tandem se unum ultimum dis dedit et erectus est

Ya no le prestaba atención al dolor en el abdomen, por mucho que le ardiera.

Dolor abdominis sui, utcumque ardebat, non amplius aspexit

Ahora se dejó caer contra el respaldo de una silla cercana, agarrándose a los bordes con sus pequeñas piernas.

Nunc se in dorsum prope sellam demisit, oras cum cruribus tenens

Pero también había ganado control sobre sí mismo y se quedó en silencio.

sed etiam sui compos factus obticuit

porque ahora podía escuchar al representante autorizado

quia nunc auctoritate repraesentativa audire poterat

«¿Entendieron una sola palabra?», preguntó el director a los padres.

»Numquid verbum unum intellexisti?« Procurator parentes interrogavit

«No se está burlando de nosotros, ¿verdad?»

Nonne stultum facit ex nobis, numquid ipse est?

¡Por Dios!, gritó la madre, ya llorando.

Propter Deum, clamat mater, jam plorans.

«Puede que esté gravemente enfermo y lo estemos atormentando».

« graviter aegrotat et nos eum cruciamus ».

«¡Grete! ¡Grete!», gritó.

» Grete! Grete!« exclamavit

«¿Madre?», llamó la hermana desde el otro lado.

« Mater ?

Se comunicaron a través de la habitación de Gregor.

Communicata sunt per cubiculum Gregor

Tienes que ir al médico inmediatamente. Gregor está enfermo.

Tu statim ad medicum ire. Gregor aeger est.

¿Has oído a Gregor hablar ahora?

» Audistine Gregoram nunc loquentem?

Esa era una voz de animal, dijo el gerente, notablemente tranquila en comparación con los gritos de la madre.

Quod erat animal voce, dixit procurator, quies prae clamoribus matris praeclare

—¡Anna! ¡Anna! —gritó el padre desde la antesala hacia la cocina y dio una palmada.

» Anna! Anna!"

»¡Consiga un cerrajero inmediatamente!«

»Protinus ut claustrarium artificem!«

Y las dos muchachas corrieron por la antesala con sus faldas susurrando.

Et duae puellae cucurrerunt per anteroom alis suis crepitantibus

¿Cómo se vistió la hermana tan rápido?

Quomodo soror tam cito vestiuntur?

y abrieron la puerta del apartamento

et scidit ostium apartment

Ni siquiera escuchaste el portazo

Etiam non audies ostium adfligendos

Probablemente habían dejado la puerta abierta, como suele ocurrir en los hogares donde ha ocurrido una gran desgracia.

forte apertam portam reliquerant, ut fieri solet in sedibus ubi magnum incommodum evenit

Pero Gregor se había vuelto mucho más tranquilo.

Sed Gregorius multo lenior factus est

Sus palabras ya no se entendían, aunque le habían parecido bastante claras, más claras que antes.

nec iam verba eius intelleguntur, quamquam ei clariora quam antea visa sunt.

Quizás debido a que se acostumbró a sus oídos.

fortassis adsuetum aurium

Pero al menos ahora la gente creía que había algo mal con él y estaban dispuestos a ayudarlo.

Sed saltem nunc homines credebant aliquid mali apud eum esse et eum iuvare volebant

La confianza y seguridad con que se habían hecho los primeros arreglos le hicieron bien.

Fiducia et securitas, quibus ab initio constituti sunt, ei profuit

Se sintió incluido nuevamente en el círculo humano.

Sensit inclusa iterum in circulo humano

y esperaba grandes y sorprendentes logros tanto del médico como del cerrajero

et magnas et admirandas res gestas ab utroque medico et claustrario speravit

Para poder hablar con la mayor claridad posible en las reuniones cruciales que se avecinaban, tosió un poco.

Ut quam maxime vocem ad atroces accedens conventus
acciperet, paulum tussit
Sin embargo, intentó toser muy silenciosamente.
quietissime tamen tussire conatus est
**Porque este ruido puede haber sonado diferente a una tos
humana.**
quod hic sonitus ab humana tussi diversus sonuerit
Esto ya no se atrevía a decidirlo por sí mismo.
hoc non amplius de se iudicare ausus est
En la habitación contigua reinaba un completo silencio.
In altera camera omnino quieta erat
**Quizás los padres estaban sentados a la mesa con el gerente
y susurraban.**
Fortasse parentes sedebant ad mensam cum procuratore et
insusurrant
Tal vez todos estaban apoyados en la puerta y escuchando.
maybe quisque recumbens ad ostium et audiendum
Gregor empujó lentamente la silla hacia la puerta y la soltó.
Gregor lente sellam versus ianuam impulit et eam dimisit
Se arrojó contra la puerta y se mantuvo en pie.
foribus se proiecit et rectus fuit
**Las almohadillas de sus piernas tenían un poco de
pegamento.**
cruribus pads gluten
y descansó allí por un momento del esfuerzo
ibi paulisper ab labore requievit
**Pero luego empezó a girar la llave en la cerradura con la
boca.**
sed tunc incepit clavem vertere in seram ore suo
Desafortunadamente, parecía que no tenía dientes reales.
Infeliciter, dentes ipsos nullos habuisse videbatur
¿Cómo debería agarrar la llave?
Quomodo clavem arripit?
Pero las mandíbulas eran, por supuesto, muy fuertes.
Sed faucibus cursus erat
**Con la ayuda de sus mandíbulas realmente consiguió mover
la llave.**

ope faucibus suis vere obtinuit clavem movens

y no le importaba que sin duda se estaba causando algún daño

et non curabat, ne quid sibi detrimenti afferret

porque un líquido marrón salió de su boca, fluyó sobre la llave y goteó al suelo

quia ex ore ejus exivit liquor fuscus, super clavem defluebat, et in pavimento stillabat

"Escuche", dijo el gerente en la habitación de al lado, "está girando la llave".

Audi modo, dixit procurator in proxima camera "clavem vertit."

Esto fue un gran estímulo para Gregor.

Hoc magnum fuit adhortatio ad Gregorium

Pero todos deberían haberlo llamado, incluso su padre y su madre:

sed quisque ad se vocaret, etiam patrem et matrem;

«¡Bien, Gregor!», deberían haber gritado.

"Bene, Gregor," clamaverunt

»¡Sigue, sigue girando esa llave!«

»Vade, custodi hanc clavem!

E imaginando que todos observaban con emoción sus esfuerzos, apretó sin sentido los dientes sobre la tecla con toda la fuerza que pudo reunir.

Atque, ut quisque suum studium excitari ratus est, in clavem totis viribus, quem ad conveniendum poterat, dentibus insense immisit.

Mientras la llave seguía girando, bailaba alrededor de la cerradura.

Ut clavem vertere pergebat, circum seram saltavit

Ahora sólo se sostenía con la boca.

iam se tenebat ore

y dependiendo de la necesidad, sostenía la llave o la volvía a presionar con todo el peso de su cuerpo.

et necessitate fretus clavem suspendit, vel iterum toto corporis sui pondere pressit

El sonido más brillante de la cerradura finalmente al abrirse despertó a Gregor.

Clarior sonus cincinnis tandem crepans dorsum excitavit Gregor

Con un suspiro de alivio, se dijo: "Entonces no necesitaba al cerrajero".

Suspiria levamenti intra se dixit: "Non opus erat claustrario".

y puso su cabeza en el picaporte para abrir la puerta completamente

et posuit caput super manubrium ut fores aperiret

Como tenía que abrir la puerta de esta manera, en realidad ya estaba bastante abierta y él mismo aún no podía ser visto.

Cum autem hoc modo ianuam aperiret, iam satis aperta erat et ipse nondum videri poterat

Tuvo que girar lentamente alrededor de una de las hojas de la puerta, con mucho cuidado.

Debebat se sensim circum alis unius ostii vertere, diligentissime

Si no quería caer torpemente de espaldas antes de entrar a la habitación.

si ante cubiculum incidere nolebat resupinus

Todavía estaba ocupado con ese difícil movimiento.

Erat adhuc occupatus cum difficili motu

y no tuvo tiempo de prestar atención a nada más

et nihil aliud vacabat attendere

Entonces oyó al jefe de oficina pronunciar un fuerte "¡Oh!".

Audivit autem princeps clericus vocem dicens: Heu!

Sonaba como si el viento soplara a través de la casa.

sonabat autem quasi ventus currens per domum

Y ahora lo vio también, mientras él, que estaba más cerca de la puerta, presionaba su mano contra su boca abierta.

iamque eum, qui proximus erat ostio, pressit manum contra os hiatum

Y lentamente retrocedió, como si una fuerza invisible que actuaba de manera constante lo estuviera alejando.

et lente subnixus, quasi vis invisibilis, constanter agens eum depellit

A pesar de la presencia del jefe de oficina, la madre estaba allí con el pelo todavía despeinado y erizado desde la noche anterior.

Quamvis coram principe clerico, mater stabat hic crinibus adhuc incomtis et stans a nocte ante.

Primero miró a su padre con las manos juntas.

quae primum respexit ad patrem, complicatis manibus

Luego dio dos pasos hacia Gregor.

quae deinde duos gradus ad Gregorium sumpsit

y ella cayó en medio de sus faldas extendiéndose alrededor de su

et cecidit in medio fimbriarum suarum circumfusae

Su rostro estaba completamente oculto a la vista y hundido hasta el pecho.

eius facies penitus ab aspectu occultata et in pectus eius submersa est

El padre apretó el puño con expresión hostil.

Pater pugnum hostiliter

Como si quisiera empujar a Gregor de nuevo a su habitación.

quasi vellet Gregorium in cubiculum suum impellere

Luego miró con incertidumbre alrededor de la sala de estar.

et tunc circumspiciebat exedra

Luego se cubrió los ojos con las manos y lloró hasta que su poderoso pecho se estremeció.

tum manibus opacat ocellos , donec ingentem concussit pectus

Gregor no entró en la habitación, sino que se apoyó desde dentro contra la puerta cerrada.

Gregor cubiculum omnino non intravit, sed contra ostium clausum intus recubuit

de modo que sólo se podía ver la mitad de su cuerpo y por encima de él su cabeza inclinada hacia un lado

ut non nisi dimidium corporis eius et supra caput eius transversa videri posset

Mientras tanto se había vuelto mucho más brillante.

Multo clarior interim factus fuerat

Claramente al otro lado de la calle había una sección del interminable hospital gris-negro de enfrente.

plane in altera parte vici erat sectio infinita, valetudinarium e nigro griseo

La lluvia seguía cayendo, pero sólo gotas grandes, visibles individualmente.

pluvia adhuc cadebat, sed solum magnis et singulis guttulis visibiles

Los platos del desayuno estaban en la mesa en abundancia.

Prandium acetabula in mensa abundant

Porque para el padre el desayuno era la comida más importante del día.

quia pater prandium fuit maxima cena diei

Una comida que se prolongó durante horas mientras leía varios periódicos.

prandium quod extrahebat per horas dum varias ephemerides legentes

Justo en la pared opuesta colgaba una fotografía de Gregor de su época militar.

In muro opposito pendebat photograph Gregor e suo tempore militari

La fotografía que lo mostraba como teniente

Imaginem photographicam ostendit

Cómo él, con la mano en la espada, sonriendo despreocupadamente, exigía respeto por su postura y su uniforme.

ut ille, manum ense regente, secura subridens statui eius et uniformis reverentiam poposcerit

La puerta de la antesala estaba abierta.

Ostium ad anteroom apertum erat

Y como la puerta del apartamento también estaba abierta, se podía ver el patio delantero del apartamento.

et cum ostium conclavis esset etiam apertum, videri posset atrium conclavis;

Y al principio se podían ver las escaleras que conducían hacia abajo.

et in principio videre potes scalas ducens

Bueno, dijo Gregor, consciente de que era el único que había mantenido la calma.

Bene, dixit Gregor, bene ignarus se solum esse qui tranquillitatem tenuerat

»Me voy a vestir, recoger la colección y salir«

»Ecce ego vestiuntur, stipant collectam et relinquunt«

¿Quieres... quieres dejarme ir?

Visne me abire?

-Bueno, señor Prokurist, verá usted, no soy testaruda y me gusta trabajar.

» Bene, domine Prokurist, vides, non sum contumax et similis labori«.

«Viajar es difícil, pero no podría vivir sin ello»

»Difficile est iter, sed sine illa vivere non potui«

¿Adónde va, señor gerente? ¿A la oficina? ¿Sí?

Quo vadis, Dominus Procurator? Ad rem? Etiam?

»¿Informarás todo con veracidad?»

Nunquid vere omnia referes?

»Es posible que no puedas trabajar en este momento«

»Potessne operari in tempore«

»Pero entonces es el momento justo para recordar los logros pasados«

sed tunc iustum est tempus gestarum praeteritorum meminisse.

»Después de eliminar el obstáculo, uno trabaja aún más diligentemente y con mayor concentración«

» remoto obstaculo, etiam diligentius et intentius operatur ».

"Estoy en deuda con el jefe, lo sabes muy bien".

"Ita debeo bulla, optime scis."

»Por otro lado, me preocupan mis padres y mi hermana«

» Ego vero de parentibus meis et sorore mea sollicitus sum.

«Estoy en una situación difícil, pero voy a salir de ella».

»In loco stricto sum, sed exitum meum exercebo«

»Pero no me lo hagas más difícil de lo que ya es«

» Sed noli difficilius mihi quam iam est.

»¡Quédate a mi lado en los negocios!«

»In negotiis haereo lateri meo!«

«No se ama al viajero, lo sé»
"Non amat viatorem, scio"
¿Crees que gana una fortuna y lleva una buena vida?
Putas meretur fortunam et bonam vitam ducit
»No hay ninguna razón particular para pensar más
detenidamente sobre este prejuicio«
» Nulla est ratio particularis hoc praeiudicium diligentius
cogitare ».
—Pero usted, señor oficial autorizado, tiene una visión
mejor de la situación que el resto del personal.
"At tu, Domine Authorised Muneris, meliorem statum rei
quam alter baculus inspicias."
»Sí, en confianza, tienes una visión mejor que el propio jefe«
» Ita confidenter melius visum habes quam ipse dominus «
»El jefe que, en su calidad de empresario, se deja fácilmente
engañar en su criterio en detrimento de un empleado«
»Bulla, qui, in sua capacitate conductor, iudicium suum facile
permittit in detrimentum molestie falli«.
»También sabéis muy bien que el viajero puede convertirse
fácilmente en víctima de habladurías, coincidencias y quejas
infundadas«
» Optime etiam nosti viatorem facile fieri posse de loquacibus,
fortuitis et vanis querelis«.
«Está fuera de actividad casi todo el año»
»Est de negotiis fere per totum annum«
»Cosas contra las cuales le resulta absolutamente imposible
defenderse«
»Quae omnino impossibile est se ipsum defendere«.
»ya que normalmente no oye nada sobre esas cosas«
» cum fere de talibus nihil audiat«
»Sólo se entera cuando ha terminado un viaje exhausto«
» tantum invenit cum fessum iter confecerit«
»cuando experimenta en casa las terribles consecuencias,
cuyas causas ya no se pueden comprender«
», cum domi graves exitus experitur, quarum causas iam
intellegi non possunt«
Señor gerente, no se vaya sin decirme una palabra.

Dominus Procurator, noli mihi verbum sine verbo relinquere.

»Dime que estás de acuerdo conmigo al menos en parte.»

» Dic mihi saltem ex parte consentire mecum.

Pero el gerente ya se había dado la vuelta ante las primeras palabras de Gregor.

Procurator autem iam prima verba Gregor avertit

Y sólo por encima de su hombro tembloroso miró a Gregor con los labios fruncidos.

et solum super humero tremulo suo ad Gregorium palliat ore respexit

Y durante el discurso de Gregor no se detuvo ni un momento.

Et in oratione Gregorii per momentum non stetit

Pero retrocedió, sin apartar los ojos de Gregor, hacia la puerta, pero muy lentamente.

Ille vero, non adhibitis oculis Gregor, ad ostium, sed pedetemptim

Como si hubiera una prohibición secreta de salir de la habitación.

quasi secreto banno relicto cubiculo

Ya estaba en la antesala, y después de su repentino movimiento uno hubiera pensado que acababa de quemarse la suela del zapato.

Iam erat in antetorio, et cum subito motus aliquis viderit ustum calceamenti eius

Sin embargo, en la antesala, extendió su mano derecha lejos de él, hacia las escaleras.

In antro autem dextram longe ab eo versus gradus tetendit

Como si una salvación casi sobrenatural le estuviera esperando allí.

tamquam salus paene supernaturalis eum ibi exspectabat

Gregor se dio cuenta de que no podía dejar que el gerente se fuera en ese estado de ánimo.

Gregor intellexit se procuratorem hoc modo relinquere non posse

Su posición en el negocio estaba en riesgo

periculum in eo negotio

Los padres no entendieron muy bien todo esto.
Parentes non intellexerunt omnia optime
**Con el paso de los años se habían convencido de que Gregor
estaba asegurado en este negocio de por vida.**
Per annos sibi persuaserunt Gregorium in hoc negotio vitae
suae provideri
**y ahora estaban tan ocupados con las preocupaciones del
momento que habían perdido toda previsión.**
iamque adeo occupati sollicitudinibus temporis, ut omnem
amisissent providentiam
Pero Gregor tuvo esta previsión.
Sed hoc habuit Gregor
**Al representante autorizado había que retenerlo, calmarlo,
convencerlo y finalmente convencerlo.**
Auctoritas repraesentativa tenenda, sedanda, confirmanda et
tandem concilianda
¡El futuro de Gregor y su familia dependía de ello!
Futurum Gregor et eius familia in eo posita est!
¡Si la hermana hubiera estado aquí! Era inteligente.
Utinam soror hic fuisset! Ea dolor erat
**Ella ya había llorado cuando Gregor todavía estaba acostado
tranquilamente de espaldas.**
Iam illa clamat cum Gregor supinus adhuc quiete iacebat
**Y seguramente el jefe de oficina, esta amiga, se habría
dejado guiar por ella.**
Et certe capitalis clericus, domina amica, permitteret se duci ab
illa
**Ella habría cerrado la puerta del apartamento y lo habría
convencido de que dejara de tener miedo en la antesala.**
clausisset ianuam conclavis et loquebatur ei ex timore
anteroom
**Pero la hermana no estaba allí, por lo que Gregor tuvo que
actuar él mismo.**
Soror autem ibi non erat
**Y sin pensar que aún no conocía sus habilidades actuales,
salió de la puerta.**

Et sine arbitratu quod facultates suas nondum sciret, fores excessit

Sin siquiera pensar que su discurso podría, de hecho, probablemente, no haber sido comprendido nuevamente.

quin etiam orationem suam, immo probabiliter, non intellectam

y se empujó a través de la abertura de la habitación.

et per foramen cubiculi se proiecit

Quería ir a ver al gerente, que ya se agarraba con ambas manos de la barandilla de la explanada de una manera ridícula.

curatorem adire voluit, qui ambabus manibus in maledictum atrium iam tenens ridicule modo.

Pero inmediatamente cayó sobre sus muchas patitas con un pequeño grito, buscando algo a lo que agarrarse.

sed statim corruit in multis cruribus cum parvo clamore, quaerens aliquid tenere

Tan pronto como esto sucedió, sintió un bienestar físico por primera vez esa mañana.

Quod ubi factum est, primum matutinum bene esse sensit

Las piernas tenían tierra firme debajo de ellas.

crura solida sub illis

Ellos obedecieron completamente, como él notó para su deleite.

obedierunt perfecte, ut vidit suam voluntatem

Sus piernas incluso se esforzaban por llevarlo a donde quisiera ir.

cruribus etiam conantibus eum portare quocumque vellet

y ya creía que la mejora final de todos los sufrimientos era inminente

et iam credidit extremum emendationem omnis aegritudinis imminere

Pero en ese mismo momento su propia madre saltó.

Sed eodem momento mater sua prosiliit

Con los brazos extendidos y los dedos separados, gritó: «¡Socorro, por el amor de Dios, socorro!».

bracchiis expansis, digitis sparsis, exclamavit: «Adiuva,
propter Deum!

Ella inclinó la cabeza como si quisiera ver mejor a Gregor.

caput eius iunxeram tamquam Gregoram meliorem videre
voluisset

**Pero ella corrió de regreso, en contradicción con esto, sin
sentido.**

sed recurrit contra hoc insensibiliter

Ella había olvidado que la mesa estaba puesta detrás de ella.

oblitus est quod mensa post eam apposita est

**Cuando llegó a su casa, se sentó apresuradamente en la mesa
como si estuviera distraída.**

Et cum ad suum locum per- veniret, festinanter in mensa sedit
quasi distracta

**y ella no pareció darse cuenta de que el café se estaba
derramando de la gran cafetera volcada sobre la alfombra a
su lado.**

et non videtur animadvertere capulus e subversa magna olla
in tapete iuxta illam effundere.

Mamá, mamá, dijo Gregor suavemente y la miró.

Mater, mater, Gregor molliter dixit et aspexit eam

**El oficial autorizado había desaparecido por completo de su
mente por un momento.**

Auctoritatis praefectus penitus evanuit ab animo parumper

**Por otro lado, no pudo resistirse a chasquear las mandíbulas
varias veces al ver el café fluyendo.**

Contra, rictu fauces in vacuum resistere non potuit aliquoties
adspectu fluentis capulus.

La madre empezó a llorar de nuevo por esto.

Mater clamat iterum de hoc

**Ella huyó de la mesa y cayó en los brazos de su padre que
corría hacia ella.**

fugit a mensa et incidit in anna patris currens ad illam

Pero Gregor ya no tenía tiempo para sus padres.

Sed Gregorius parentibus iam nullum tempus habebat

El oficial autorizado ya estaba en las escaleras.

ad auctoritatem officer quod iam in similitudinem tribunalis

Con la barbilla apoyada en la barandilla, miró hacia atrás por última vez.

mentum in maledictum respexisse ultimo

Gregor corrió para alcanzarlo lo más seguro posible.

Gregor currebat ut eum quam tutissime caperet

El jefe de oficina debió sospechar algo, porque saltó varios escalones y desapareció.

Suspicari debet princeps clericus, quia per plures gradus transiluit et disparuit

«¡Huh!», gritó, y su voz resonó por toda la escalera.

» Huh!« clamavit, per totam scalam sonat

Desgraciadamente, la huida del directivo también pareció confundir por completo a su padre, que hasta entonces se había mostrado relativamente sereno.

Infeliciter, fuga procuratoris etiam patrem suum, qui relative usque ad tempus compositus fuerat, omnino confundere videbatur.

porque en lugar de correr él mismo tras el escribano jefe o al menos no obstaculizar su persecución, Gregor agarró el bastón del escribano jefe con su mano derecha.

quia non currit post ipsum principem clericum, vel saltem non impediens Gregor, dextra manu arripit baculum.

Cogió un periódico grande de la mesa con su mano izquierda.

Magna diurna e mensa sinistra sustulit

Y empezó a dar patadas y a agitar el bastón y el periódico para obligar a Gregor a regresar a su habitación.

et coepit calcare pedes eius et iactare baculum et diurna ad Gregor in cubiculum suum

Ninguna de las peticiones de Gregor sirvió, ninguna de sus peticiones fue entendida.

Nullae petitiones Gregorii adiuverunt, nullae petitiones eius intellexerunt

Por más humilde que girase la cabeza, su padre sólo le daba patadas más fuertes.

Quamlibet humiliter caput vertit, pater tantum pedes durius impressit

Allí, la madre había abierto una ventana a pesar del clima fresco.

Ibi mater fenestram non obstante frigoris aperuerat

Y asomándose por la ventana, apretó su cara contra sus manos, que estaba muy afuera de la ventana.

et innixa per fenestram vultum suum procul extra fenestram in manus suas pressit

Se creó una fuerte corriente de aire entre el callejón y la escalera.

Fortis captura inter angiportum et scalam evoluta est

Las cortinas de la ventana se abrieron de golpe y los periódicos sobre la mesa crujieron.

fenestra cortinae aperta volaverunt et ephemerides in mensa sonuerunt

Hojas individuales arrastradas por el suelo

singula folia per terram

El padre empujó sin descanso y silbó como un hombre salvaje.

pater implacabile protrusit et stridit sicut homo ferus

Pero Gregor no tenía práctica en caminar hacia atrás, era realmente muy lento.

Sed Gregor in ambulando retro usum non habuit, vere tardissimum erat

Si a Gregor le hubieran permitido darse la vuelta, habría estado inmediatamente en su habitación.

Utinam Gregor circumvertere licuisset, in cubiculo suo statim fuisset

Pero tenía miedo de impacientar a su padre con el largo turno.

sed veritus est ne pater inpatiens in vicis edendi

y en cualquier momento lo amenazaban con un golpe fatal en la espalda o en la cabeza con el palo que sostenía su padre.

et iam aliquo momento a tergo vel capite a baculo in manu patris exitiale ictum minatus est

Pero finalmente Gregor no tuvo otra opción.

Sed tandem Gregorius aliam electionem non habuit

porque se dio cuenta con horror que ni siquiera podía mantener la dirección al ir hacia atrás.

horror enim sciebat se ne versus quidem regredi posse

Y así empezó a darse vuelta lo más rápido posible, pero en realidad muy lentamente, sin cesar de mirar con ansiedad a su padre.

itaque quam celerrime circumagi coepit, re tardissime adsiduis anxiis aspectibus patris.

Tal vez el padre notó su buena voluntad, porque no lo molestó.

Animadvertit fortasse pater voluntatem suam, quia non eum turbavit

Incluso dirigió la rotación desde la distancia con la punta de su bastón.

rotationem etiam e longinquo ad extremum baculi direxit

¡Ojalá no hubiera sido por ese silbido insoportable de mi padre!

Utinam ne patri quidem intolerabili exsibilus fuisset!

Gregor perdió completamente la compostura.

Gregor funditus perdidit quietem

Ya casi se había dado la vuelta cuando, siempre atento a ese silbido, incluso cometió un error y se dio la vuelta un poco.

Paene conversus, cum semper hunc sibilantem auscultaret, etiam erravit et paulum avertit

Pero cuando finalmente logró poner su cabeza frente a la puerta, se hizo evidente que su cuerpo era demasiado ancho para pasar fácilmente.

Sed cum tandem ante limen caput obtigisset, facile patuit corpus eius nimis latum esse.

Por supuesto, en su estado actual, al padre tampoco se le ocurrió abrir la otra puerta.

Sane, in statu praesenti, patri non occurrit ut alteram ianuam aperiat

Para crear suficiente paso para Gregor

ad creare sufficiens iter ad Gregorium

Su obsesión era simplemente que Gregor tenía que llegar a su habitación lo más rápido posible.

Obsessio eius simpliciter erat quod Gregor ad cubiculum
suum quam celerrime accederet
**Nunca habría permitido los complicados preparativos que
Gregor tuvo que hacer para poder levantarse y tal vez
atravesar la puerta de esa manera.**
Praeparationes multiplices Gregor ut stare necesse esset
numquam permisit et fortasse per ianuam hoc modo pervadit.
**Tal vez ahora empujaba a Gregor hacia adelante con un
ruido especial, como si no hubiera ningún obstáculo.**
Forsitan nunc maxime Gregoram inpellebat strepitu, quasi
nullum esset impedimentum
**Incluso detrás de Gregor ya no sonaba la voz de su único
padre.**
Etiam a tergo Gregor ut vox soli patris sui iam non sonabat
**Ahora ya no había más bromas y Gregor se empujó, pasara
lo que pasara, hacia la puerta.**
Iam revera non magis iocatus erat, et Gregor se - quicquid
accidit - in ianuam impulit
Un lado de su cuerpo se levantó.
Una parte corporis rosa
Él yacía torcido en la puerta
perverso iacebat in ostio
**Uno de sus flancos estaba completamente raspado y en carne
viva.**
unum latera eius funditus perfricari rudis
Quedaron manchas feas en la puerta blanca
foedae maculae manserunt super portam albam
**Pronto se quedó atascado y no habría podido moverse por sí
solo.**
mox haesit et se movere non potuisset
Las piernas de un lado colgaban temblando en el aire.
tibiis hinc pendentibus auras
**Las piernas del otro lado estaban dolorosamente presionadas
contra el suelo.**
crura illinc laboriose pressa solo
**Entonces su padre le dio un fuerte empujón desde atrás que
fue realmente liberador.**

Tum pater validus pulsus a tergo vere liberans ei dedit
Y voló, sangrando profusamente, hasta su habitación.
volavitque graviter cruentum in cubiculum suum
La puerta se cerró de golpe con un palo
janua clausa baculo
Entonces finalmente hubo silencio
tum tandem quietam

Sólo al anochecer Gregorio despertó de su sueño pesado e inconsciente.

Tantum in vespera excitavit Gregor e somno gravi, inscio

Seguramente se habría despertado poco después, incluso sin perturbaciones.

Expergefactus certe non multo post ne sine tumultu

porque se sentía suficientemente descansado y bien dormido

quia satis quievit et bene dormivit

Pero le pareció como si un paso fugaz y un cierre cauteloso de la puerta que conducía a la antesala lo hubieran despertado.

sed ei quasi labilis gressus et cauta clausura ostio quae ad ostiolum ducit eum excitavit

La luz del tranvía eléctrico se reflejaba pálidamente aquí y allá en el techo y en las partes altas de los muebles.

Lumen tram electrici passim in laquearia et in supel- riore supellectili iacebat

Pero abajo, al nivel de Gregor, estaba oscuro.

sed descendens in gradu Gregor obscurus erat

Se empujó lentamente hacia la puerta para ver qué había sucedido allí.

Sensim se ad ianuam impulit ut videre quid ibi factum esset

Todavía era torpe con sus antenas, que sólo ahora aprendió a apreciar.

informes adhuc cum adfectibus suis, quos modo bene cognoscere

Su lado izquierdo parecía tener una cicatriz larga y desagradablemente apretada.

Laevum latus unum longum habere videbatur, cicatricem ingrate pressam

y tuvo que cojear literalmente sobre sus dos filas de patas

et debebat ad litteram duos ordines pedum claudicare

Por cierto, una de las piernas resultó gravemente herida durante los incidentes de la mañana.

Obiter unum crurum graviter laesum in incidentibus
matutinis
**Fue casi un milagro que sólo una de sus piernas estuviera
herida**
Fere miraculum fuit quod unus de cruribus eius vulneratus est
y arrastró su pierna sin vida
et traxit crus exanime
**Sólo cuando llegó a la puerta se dio cuenta de lo que
realmente lo había atraído hasta allí.**
Solus cum ad ianuam pervenisset, sciebat quid eum illuc
deduxisset
Fue el olor de algo comestible lo que lo había atraído allí.
odor esculentorum qui se induxerant ibi
**Porque había un cuenco lleno de leche dulce, en el que
flotaban pequeñas rebanadas de pan blanco.**
Quia erat phiala dulci lacte repleta, in qua fluitabant parvae
pecias panis albi
**Casi se rió de alegría porque tenía aún más hambre que por
la mañana.**
Laetus paene risit quod etiam inedia quam mane
**Y al instante sumergió la cabeza casi hasta los ojos en la
leche.**
statimque caput paene usque ad oculos in lacte infudit
Pero pronto echó la cabeza hacia atrás decepcionado.
Sed mox evulso caput retro fefellerunt
**No era solo que comer le resultaba difícil debido a su
delicado lado izquierdo.**
Non erat iustus esus ei difficilis propter partem sinistram
delicati
Sólo podía comer si todo su cuerpo jadeaba y trabajaba.
non potuit comedere nisi totum corpus anhelabat et laborabat
**Pero además, no le gustaba nada la leche, que normalmente
era su favorita.**
sed praeterea non lacti, quod erat carissimum, omnino
delectabatur
**La hermana seguramente le había dado la leche por esta
razón.**

Soror vero lac ei hac de causa dederat

Sí, se alejó del cuenco casi con renuencia.

Etiam prope invitus avertit a patera

y se arrastró de nuevo hasta el centro de la habitación

et repit in medio camere

En la sala de estar, como Gregor vio a través de la rendija de la puerta, estaba encendida la llama del gas.

In exedra, ut Gregor per rimam ianuae vidit, gas lit

A esta hora del día, el padre solía leer el periódico de la tarde a su madre y a veces también a su hermana en voz alta.

Hoc diei tempore pater matri diurna postmeridiana legebat, interdum etiam sorori sublata voce

pero hoy no se escuchó ningún sonido

sed hodie nulla vox audita est

Ahora bien, quizá esa lectura en voz alta, de la que siempre le hablaba y escribía su hermana, había quedado recientemente completamente fuera de uso.

Fortassis autem haec lectio clara, quam semper indicavit ei et scripsit soror sua, nuper penitus ex usu facta est

Pero todo estaba muy tranquilo, aunque el apartamento ciertamente no estaba vacío.

Sed tam undique quieta erat, quamvis cella certe vacua non erat

"¡Qué vida tan tranquila llevaba la familia!", dijo Gregor.

"Quam quietam vitam familia duxit", inquit Gregor

y sintió, mientras miraba fijamente la oscuridad frente a él, un gran orgullo.

et sentiebat, intendens ei tenebras, magnam superbiam

Estaba orgulloso de haber podido ofrecerles a sus padres y a su hermana una vida así en un apartamento tan bonito.

superbus fuit, quod parentibus et sorori suae tali vita potuisset providere in tam pulchro aedificio

¿Pero qué pasaría si toda paz, toda prosperidad y toda satisfacción llegaran a un final terrible?

Sed quid si omnis pax, omnis prosperitas, omnis quies esset ad ultimum finem?

Para no perderse en tales pensamientos, Gregor prefirió ponerse en movimiento.

Ut in talibus cogitationibus se non perderet, Gregor

y se arrastró arriba y abajo de la habitación

et repit atque cubiculum

Una vez, durante la larga velada, una puerta lateral y otra vez la otra se abrieron por una pequeña rendija.

Quondam in longa vespera unum latus ostium et semel alterum ad parvam rimam aperta est

Y rápidamente la puerta se cerró de nuevo.

et cito ostium iterum clausum est

Alguien tenía el deseo de entrar, pero también demasiadas preocupaciones.

quis cupiditatem ingrediendi, sed etiam curas multas

Gregor ahora se detuvo directamente en la puerta de la sala de estar.

Gregor nunc directe substitit ad exedra ostium

Estaba decidido a hacer entrar de algún modo al visitante indeciso.

quodammodo voluit inferre cunctantior visitor in

Al menos quería saber quién era.

certe scire voluit quis esset

Pero ahora la puerta ya no estaba abierta y Gregor esperó en vano.

sed ostium iam non erat apertum et frustra Gregor

Temprano en la mañana, cuando las puertas estaban cerradas, todos querían entrar.

Mane autem facto, clausis ianuis, omnes ad se venire volebant

Ahora que había abierto una puerta y las demás evidentemente habían sido abiertas durante el día, nadie vino.

cum autem aperuisset ostium unum et manifestum esset interdiu, nemo venit

Y las llaves ahora también se insertaban desde el exterior.

et claves nunc etiam extrinsecus insertae sunt

Sólo tarde por la noche se apagó la luz de la sala de estar.

Tantum nocte multa lux in exedra avertit

Y ahora era fácil ver que los padres y la hermana habían permanecido despiertos tanto tiempo.

et iam facile perspiciebat tam diu vigilasse parentes et soror

Porque como se podía oír claramente, los tres se alejaban de puntillas.

quia, ut quis clare audiret, omnes tres iam suspensi erant

Ahora nadie vendría a Gregor hasta la mañana.

Nemo iam ad Gregor usque mane veniret

Así que tuvo mucho tiempo para pensar tranquilamente sobre cómo debería reorganizar ahora su vida.

Diu ergo cogitabat inconcussum quomodo vitam suam ordinaret

Pero la habitación alta y vacía en la que lo obligaron a tumbarse en el suelo lo asustó.

Sed altus, locus vacuus in quo coactus humi pronus iacere perterritus est

Le asustó sin que pudiera averiguar la causa

terrebat eum sine causa cognoscere posse

porque era la habitación en la que había vivido durante cinco años

nam is locus erat in quinquenniis

Y con un giro medio inconsciente y no sin un ligero sentimiento de vergüenza, se apresuró a meterse debajo del sofá.

et cum sesquiannum inscium, nec sine levi pudore, sub lectum diurnum proripuit

Bajo el sofá inmediatamente se sintió muy cómodo de nuevo.

sub lecto statim valde consolatoria iterum

A pesar de que tenía la espalda un poco presionada

non obstante quod dorsum paulo expressum

y a pesar de que ya no podía levantar la cabeza

et non obstante quod amplius caput erigere posset

Y ahora lamentaba que su cuerpo fuera demasiado ancho para acomodarse completamente debajo del sofá.

et iam paenituit corpus eius nimis latum ad stibadium perfecte accommodatum

Se quedó allí toda la noche, que pasó en parte medio dormido.

Ibi pernoctans totam noctem moratus est, quam partim semisomnus consumpsit

El medio sueño del que el hambre lo despertaba una y otra vez

semisomnos unde fames evigilabat

Pero pasó parte de la noche preocupado y con vagas esperanzas.

sed noctis partem in curis et in obscuro spe

Esperanzas que todas condujeron a una conclusión

Spes omnes ad unam conclusionem

Tuvo que permanecer callado por el momento.

debebat quiescere tantisper

y tuvo que hacer soportables los inconvenientes con paciencia y la mayor consideración hacia la familia.

et incommoda tolerabilia patientia ac diligentissima consideratione rei familiaris facere

las molestias que ahora se veía obligado a causarles en su condición actual

quod incommodum iam in praesenti causa facere coactus est

Ya temprano por la mañana, cuando todavía era casi de noche, Gregor tuvo la oportunidad de probar la fuerza de sus recién tomadas decisiones.

Iam mane, adhuc prope nox erat, Gregor. facultatem habebat experiendi vires recentium decisionum suarum

porque desde la antesala la hermana, casi completamente vestida, abrió la puerta y miró hacia adentro con excitación.

quod soror ab antecella prope ornatam ianuam aperuit et cum trepidatione introspexit

No lo encontró de inmediato, pero cuando lo notó debajo del sofá...

Ilicet non invenit, sed sub lecto eum animadvertit.

Dios, tenía que estar en algún lugar; no podía haberse ido volando.

Deus erat alicubi esse; non potuit avolavit

Estaba tan asustada que, sin poder controlarse, cerró la puerta desde afuera.

Ita perterritus est ut, cum se continere non posset, ianuam ab foris compressit

Pero como si se arrepintiera de su comportamiento, inmediatamente abrió la puerta nuevamente.

Sed quasi paenituit mores suos, statim ianuam denuo aperuit

y entró de puntillas como si estuviera visitando a un enfermo grave o incluso a un desconocido

et ingressa est quasi suspensam personam gravem aut etiam hospitem invisens

Gregor había empujado su cabeza casi hasta el borde del sofá y la estaba mirando.

Gregor caput fere ad marginem stibii impulerat et aspiciebat

¿Se daría cuenta de que había dejado la leche?

Animadvertetne eum lac reliquisse?

y no lo hace por falta de hambre

et non faciebat hoc propter inopiam famis

y se preguntó si ella traería alguna otra comida

et mirabatur num in alio cibo

Un plato que le sentaba mejor

Catinus aptior ei

Si no lo hiciera ella misma, él preferiría morir de hambre antes que hacérselo saber.

Si ipsa non faceret, esuriret magis quam sentiret

En realidad, estuvo muy tentado de disparar desde debajo del sofá.

vere tentatus erat sub lecto emittere

Quería arrojarse a los pies de su hermana y pedirle algo bueno para comer.

Volebat se iactare ad pedes sororis et petere aliquid boni ad comedendum

Pero su hermana inmediatamente notó con sorpresa que el cuenco todavía estaba lleno.

Soror autem eius statim miratus est quod patera adhuc plena erat

El recipiente del que sólo se derramó un poco de leche por todos lados.

patera ex qua modicum lac effusus est in circuitu

Inmediatamente tomó el cuenco, no con sus propias manos, sino con un trapo, y lo sacó.

Illa statim pateram non nudis manibus, sed panno sustulit, et extulit

Gregor tenía muchísima curiosidad por ver qué traería como reemplazo.

Gregor perquam curiosus erat videre quid illa subiciatur

y tenía varios pensamientos al respecto

et varias cogitationes de eo habuit

Pero nunca podría haber adivinado lo que la hermana realmente hizo en su bondad.

At ille numquam suspicari potuit quod vere soror pro eius beneficio egisset

Para probar su gusto, le trajo una selección entera, toda extendida sobre un periódico viejo.

Ut gustus eius experiretur, integram electionem ei attulit, omnia in vetere diurna expansa

Había verduras viejas y medio podridas.

Vetus erat, olera putrida

Huesos de la cena rodeados de salsa blanca solidificada

Ossa a cena vespertina liquamine solidato circumdati

Unas pasas y almendras

uvae passae et amygdalae

Un queso que Gregor había declarado incomestible hacía dos días.

caseum quem Gregorius inedibilem ante biduum declaraverat

Un pan seco y un pan con mantequilla.

siccum panem et buttered panem

y un pan salado untado con mantequilla

et salem panum inlinitum cum butyro

Además de todo esto, también colocó un cuenco que probablemente estaba destinado a Gregor de una vez por todas.

Praeter haec omnia, etiam phialam posuit quae pro Gregorio
semel et pro omnibus probabiliter destinata erat.
y ella había vertido agua en el cuenco
et in phiala aqua infudit
**Y por delicadeza, sabiendo que Gregorio no comería delante
de ella, se apresuró a marcharse.**
Et de deliciis, sciens quod Gregorium ante se non comederet,
festinavit
Y hasta giró la llave al salir.
et clavem etiam convertit ut ipsa reliquit
**para que sólo Gregor pudiera notar que podía ponerse tan
cómodo como quisiera.**
ut solus Gregorius animadverteret se tam commode se facere
posse quam vellet
Las piernas de Gregor zumbaban porque era hora de comer.
Crura Gregor stridabant cum tempus esset edendi
**Cabe señalar que sus heridas ya deben haber sanado por
completo.**
notandum est vulnera eius iam perfecte sanata esse
porque ya no sentía ninguna discapacidad
quia non sentiebatur aliquod vitium
**Se quedó asombrado y pensó en cómo se había cortado el
dedo con el cuchillo hacía más de un mes.**
Obstupuit et cogitat quomodo digitum incidit cultello plus
quam ante mensem
**y recordó cuánto le había dolido bastante esa herida
anteayer**
et meminisset quomodo hesterno die vulnus hoc ei satis
laederet
«¿Soy menos sensible ahora?», pensó.
"num minus sensitiva nunc sum?"
y ya estaba chupando con avidez el queso
et iam avide sugebat caseum
**El queso que le atraía inmediata y enfáticamente por encima
de todos los demás alimentos.**
caseus, ad quem protinus et maxime allatus est

Rápidamente, uno tras otro y con los ojos llenos de lágrimas de satisfacción, se comió el queso.

Celeriter unum post alterum, et cum gaudio oculis inebriatis, caseum comedit

y comió las verduras y la salsa

et comedit olera et liquamen

Sin embargo, la comida fresca no le sabía bien.

Cibus autem recentis non sapiebat ei

Ni siquiera podía soportar el olor de la comida fresca.

odor cibi recentis stare non potuit

Y hasta arrastró las cosas que quería comer un poco más lejos.

et etiam paulo remotius quae vellet edere

Ya había terminado todo

Iam omnia

Todavía estaba acostado perezosamente en el mismo lugar cuando llegó su hermana.

Eodem adhuc loco iacebat cum sorore sua

Como señal de que debía retirarse, giró lentamente la llave.

In signum ut recederet, sensim clavem convertit

Esto lo sobresaltó de inmediato, aunque estaba casi dormido.

Hoc eum statim extimuit, cum paene obdormisset

Y se apresuró a volver debajo del sofá.

et sub stibadium festinavit

Pero le costó mucho autocontrol quedarse debajo del sofá.

Constat autem ei multam abstinentiam manere sub lecto tricliniari

Aunque solo fue un corto tiempo que la hermana estuvo en la habitación

etsi brevi tempore tantum soror erat in cubiculo

Porque su cuerpo se había vuelto un poco redondo por la abundante comida.

quia corpus eius modice rotundum a cibo abundantiae factum erat

y apenas podía respirar allí en el estrecho espacio

et vix in angustiis ibi respirare poterat

**Con pequeños ataques de asfixia, observaba con ojos
ligeramente saltones.**

Cum parum strangulationis vices observavit oculis leviter
tumentibus

**Observó cómo la hermana desprevenida vertió
apresuradamente todo en un balde con una escoba.**

Aspiciebat incautum soror omnia raptim in situlam scoparum
effudit

**No sólo las sobras, sino también la comida que Gregor ni
siquiera había tocado.**

non solum reliquias, sed etiam cibos, quos Gregorius ne
attigisset

Como si ya no fueran utilizables

quasi non esset utilis

**y cerró los restos con una tapa de madera, después de lo cual
sacó todo.**

et reliquias operculo ligneo clausit, quo peracta omnia

**Apenas se había dado la vuelta cuando Gregor salió de
debajo del sofá y se estiró y se hinchó.**

Vix se converterat, cum Gregor e sub lecto se extraheret et se
extendit et inflavit

De esta manera Gregorio recibía su comida todos los días.

Hoc modo Gregor cotidie cibum suum accepit

Una mañana, cuando los padres y la criada todavía dormían.

semel in mane, cum parentes et ancilla adhuc dormiebant

La segunda vez después del almuerzo general.

secundo post prandium

porque luego los padres también durmieron un rato

quia et parentes aliquandiu dormierunt

**y la doncella fue enviada por la hermana a hacer algún
recado**

et ancilla a sorore in quodam negotio dimissa est

Ciertamente no querían que Gregor muriera de hambre.

Illi certe noluerunt Gregor

**Pero tal vez no hubieran podido soportar aprender más
sobre su comida que de oídas.**

sed fortasse plus de cibo quam auditu ferre non potuerunt

Tal vez la hermana quería ahorrarles un dolor quizás pequeño.

forsitan soror parvo forte dolori parcere vellet

porque en realidad sufrieron lo suficiente

quod quidem passi sunt satis

Gregor no tenía forma de saber qué excusas se habían utilizado para sacar al médico y al cerrajero del apartamento esa primera mañana.

Gregor nullatenus sciebat quas excusationes medicus et claustrarius e conclavi illo primo mane accipere solebant.

porque no era comprendido, nadie, ni siquiera su hermana, pensaba que pudiera entender a los demás

quod non intellectum, nemo, ne soror quidem, ut intelligeret

Y así, cuando la hermana estaba en su habitación, tenía que contentarse con oír sólo aquí y allá sus suspiros.

et ideo, cum soror in cubiculo suo esset, contentus fuit auditu tantum passim suspiriis suis

Sólo más tarde, cuando ya se había acostumbrado un poco a todo, Gregor captó a veces una observación:

Solum post, cum paulo ad omnia usus facta esset, interdum notavit Gregorius

Por supuesto, nunca podría hablarse de una habituación completa.

Utique numquam potuit esse ulla consuetudinis perfectae disputatio

un comentario que se hizo de manera amistosa o que podría interpretarse como tal

quod notatum erat amice, vel sic interpretari potuit

"Lo disfruté hoy", dijo cuando Gregor había limpiado la comida.

Hodie fruebatur, dixit cum Gregor cibum purgaverat

Mientras que en el caso contrario, que poco a poco se fue haciendo más frecuente, decía casi con tristeza:

in contrariam autem causam, quae paulatim magis ac frequentior fieret, paene tristem diceret;

»Ahora toda la comida vuelve a quedar en pie«

»Nunc omnis cibus adhuc stans restat«.

Aunque Gregor no podía escuchar ninguna noticia directamente, escuchaba mucho de las habitaciones contiguas.

Dum Gregor ullus nuntium directe audire non poterat, multum audivit ex cellis contiguis

Y tan pronto como oyó voces, corrió inmediatamente a la puerta en cuestión y se apretó contra ella con todo su cuerpo.

et statim ut audivit voces, ilico ad januam percunctatus accurrit et se toto corpore con- stitit

Especialmente en los primeros días, no había ninguna conversación que no tratara de él de alguna manera, aunque fuera en secreto.

Praesertim temporibus illis, nullus intererat sermo, quin, etsi occulte, ageret

Durante dos días, en cada comida, se podían escuchar discusiones sobre cómo comportarse ahora.

Per biduum, in omni cena, audiri possunt disputationes quomodo nunc se gerant

Pero también entre comidas se discutió el mismo tema.

sed etiam inter epulas de eodem argumento disputatum est

Porque siempre había al menos dos miembros de la familia en casa.

quia semper erant domestici saltem duo domestici

Porque nadie quería quedarse solo en casa

quia nemo solus manere voluit domi

y no pudiste salir del apartamento por completo

et non potuisti relinquere diaetam omnino

El primer día, la criada le rogó de rodillas a su madre que la despidiera inmediatamente.

Primo die, ancilla matrem genibus oraverat, ut eam statim dimitteret

No estaba del todo claro qué y cuánto sabía ella sobre lo que había sucedido.

non satis liquebat quid et quantum sciret quid acciderit

Y cuando se despidió un cuarto de hora después, agradeció la liberación entre lágrimas.

et cum quarta horae vale dixit, flens gratias egit pro
remissione
Fue como el mayor favor que le habían mostrado aquí.
erat quasi gratissimus hic ei ostensus
**y ella hizo, sin que se lo pidieran, un terrible juramento de
no revelar la más mínima cosa a nadie.**
Quod sine rogatione fecit, atrox iuramentum fecit ne
levissimam rem cuiquam revelaret
Ahora la hermana tenía que cocinar junto con su madre.
Soror autem una cum matre coquere debuit
**Sin embargo, esto no fue un gran problema, porque no
comieron casi nada.**
Sed hoc non multum laboravit, quia fere nihil manducaverunt
**Gregorio escuchó una y otra vez cómo uno le pedía a otro
que comiera en vano y no recibía otra respuesta.**
Iterum atque iterum Gregoras audivit quomodo unus alterum
rogabat ut frustra comederet nec aliud responderet
«Gracias, ya tengo suficiente», o algo similar
»Ago tibi, satis habeo«, vel quid simile
Quizás tampoco se bebió nada
Fortasse nihil aut ebrius est
**La hermana a menudo le preguntaba a su padre si quería
cerveza.**
Soror saepe patrem interrogavit si cervisiam vellet
**Y ella se ofreció calurosamente a ir a buscar la cerveza ella
misma.**
et vehementer obtulit ad se cervisiam adducendam
**y como el padre permanecía callado, ella dijo, para quitarle
cualquier duda, que también podía enviar a la criada.**
et cum tacuisset pater, dixit, ut ab eo dubitationem tolleret,
posse etiam ancillam mittere
Pero entonces el padre finalmente dijo un gran "No".
sed tunc pater magnus dixit tandem "Nemo"
y ya no se habló de ello
et iam non est dictum

Ya durante el primer día, el padre explicó toda la situación financiera y las perspectivas tanto a la madre como a la hermana.

Iam primo die pater totam rem oeconomicam et spem suam tam matri quam sorori explicavit

De vez en cuando se levantaba de la mesa y sacaba algún recibo o algún libro de notas de su pequeña caja registradora.

Aliquando e mensa evigilavit et acceptilationem aliquam aut librum notarum e parva nummi archa attulit

La caja registradora que había salvado del colapso de su negocio hace cinco años.

nummi registri se e ruina negotii sui ante quinque annos servavisse

Se le podía escuchar desbloqueando la complicada cerradura y luego volviéndola a bloquear después de sacar el objeto.

Posset audire eum reclusam complicatam seram ac deinde iterum obfirmato emisso obiecto

Estas explicaciones de su padre fueron en parte las primeras cosas agradables que Gregor había escuchado desde su encarcelamiento.

Explicationes istae a patre partim suavissimae res erant quas Gregorius ab eius incarceratione audiverat

Había opinado que su padre no había quedado con nada de ese negocio.

pater in ea re nihil apud se relictum existimabat

Al menos su padre no le había dicho lo contrario.

certe pater suus aliter ei non dixerat

Y Gregor, sin embargo, no le había preguntado sobre ello.

et tamen Gregor, non eum interrogaverat

La única preocupación de Gregor en ese momento era hacer todo lo posible para que la familia olvidara la desgracia empresarial lo más rápido posible.

Sola cura tunc temporis erat Gregorii omnia agere quae potuit ut familia oblivisceretur negotii infortunii quam celerrime

La desgracia empresarial que había llevado a todos a la más absoluta desesperanza.

negotium malum, quod omnes ad summam desperationem
attulerat

Y así empezó a trabajar con un fuego muy especial.
Itaque singulari igne laborare coeperat

**y de un pequeño oficinista se había convertido en un viajero
casi de la noche a la mañana.**
Factusque viator fere pernoctare ex parvo clerico

**Como viajero, naturalmente tenía oportunidades
completamente diferentes de ganar dinero.**
Ut viator naturaliter habuit occasiones omnino diversas
lucrandi

**Los resultados del trabajo podrían convertirse
inmediatamente en efectivo en forma de comisión.**
eventus operis statim converti potuit in pecunia per modum
commissionis

**Pudo poner el dinero sobre la mesa de la asombrada y feliz
familia en casa.**
pecuniam in mensa stupenti et felicis familiae domi imponere
potuit

Aquellos eran buenos tiempos
Illi bonis

**Nunca más se habían repetido estos hermosos tiempos, al
menos en este esplendor.**
haec pulcherrima tempora, saltem in hoc splendore numquam
repetita fuissent

**La gente ya se había acostumbrado a estos buenos tiempos,
tanto la familia como Gregor.**
Homines nuper his bonis temporibus usi sunt, tam familia
quam Gregor

**El dinero fue aceptado con gratitud y él lo entregó con
mucho gusto.**
Pecuniam grato animo accepit et libens tradidit

Pero un calor especial ya no quería surgir.
sed specialis calor non iam emergere voluit

Sólo su hermana permaneció cerca de Gregor.
Sola soror eius prope Gregorium manebat

A diferencia de Gregor, a ella le encantaba mucho la música.

Dissimilis Gregor, musicam valde amavit
y sabía tocar el violín conmovedoramente
et sciebat contrectando ludere
Su plan secreto era enviar a su hermana a la escuela de música el próximo año.
fuit consilium secretum suum mittere sororem ad scholam musicam proximo anno
Sin tener en cuenta los enormes costes que ello implicaría
non considerantes ingentes sumptus hoc sequeretur
los costos que de alguna manera se cubrirían por otros medios
sumptibus aliquo modo tegi
Durante las cortas estancias de Gregor en la ciudad, la escuela de música se mencionaba a menudo en las conversaciones con su hermana.
Per breves moras Gregorii in urbe schola musica saepius in colloquiis cum sorore facta est
Pero siempre se mencionó como un hermoso sueño, cuya realización estaba fuera de cuestión.
sed semper ut pulchrum somnium memoratur, cuius effectio ex interrogatione erat
Y a los padres ni siquiera les gustaba oír estas inocentes menciones.
et ne parentes quidem innocentes istos audire voluerunt
Pero Gregor pensó mucho en ello y quiso declararlo solemnemente en la víspera de Navidad.
sed Gregoram firmissime de ea cogitavit eamque sollemniter in vigilia Nativitatis Domini declarare voluit
Tales pensamientos, bastante inútiles en su estado actual, pasaron por su cabeza.
Quae quidem cogitationes, in statu suo statu inutiles, per caput eius transierunt
Mientras él estaba allí en la puerta y escuchaba
dum staret ad ostium et audiebat
A veces ya no podía escuchar por el cansancio general.
Interdum diutius audire non poterat propter languorem communem

y dejó que su cabeza golpeara la puerta sin cuidado
et percutere caput eius fores neglegenter
pero inmediatamente volvió a sujetar su cabeza
sed statim iterum caput tenuit
Porque incluso el pequeño ruido que había causado se
escuchó en la puerta de al lado.
quod etiam strepitum parvum attulerat ad proximam portam
auditus est
Y el ruido había silenciado a todos.
strepitumque silentium omnis
«¿Qué está haciendo ahora?», dijo el padre después de un
rato, volviéndose obviamente hacia la puerta.
» Quid facit, inquit pater post aliquantulum, scilicet ad ianuam
conversus?
Y sólo entonces la conversación interrumpida se reanudó
gradualmente.
et tunc demum paulatim repetitus sermo interruptus est
Gregor se enteró entonces de que, a pesar de todas las
desgracias, todavía quedaba allí una pequeña fortuna de los
viejos tiempos.
GREGORIUS nunc comperit quamvis omnia infortunia,
exiguam fortunam ab antiquis diebus adhuc superfuisse
Porque el padre se repetía a menudo en sus explicaciones:
quia saepe pater in suis expositionibus se iterat.
En parte porque él mismo no se había ocupado de estas
cosas durante mucho tiempo.
partim quod ipse non diu haec egisset
En parte porque la madre no entendió todo la primera vez.
tum quod mater non omnia intelligere primum
Mientras tanto, los tipos de interés intactos habían
aumentado un poco.
Interea rates intactae paulum auxerat
Además, el dinero que Gregor traía a casa cada mes no se
había gastado en su totalidad.
Praeterea pecunia, quam Gregor domum singulis mensibus
attulerat, omnino non fuerat adhibita
Él mismo sólo se había quedado con unos pocos florines.

ipse paucos sibi duces servatos
y el dinero se había acumulado en un pequeño capital
pecunia cumulata parva capitalia
Gregor, detrás de su puerta, asintió con entusiasmo,
complacido por esta inesperada cautela y frugalidad.
Gregor, post ianuam suam, innuens alacer, inopinata cautione
et frugalitate delectatus
En realidad, podría haber utilizado estos fondos excedentes
para pagar la deuda de su padre con su jefe.
Profecto his superfluis pecunia uti potuit ut debitum patris sui
redderet suo bulla
Y el día en que pudiera deshacerse de ese puesto habría
estado mucho más cerca.
et multo propius dies, quo ille locum occupasset, fuisset
Pero ahora sin duda era mejor como lo había dispuesto el
padre.
at nunc melius utique fuit, quomodo pater eum disposuisset
Pero este dinero no era suficiente para que la familia pudiera
vivir de los intereses.
Sed haec pecunia non satis erat ut familia viveret de usuris
Tal vez fuera suficiente para mantener a la familia durante
uno o dos años como máximo, pero eso era todo.
fortasse satis fuit ad familiam sustentandam per unum
alterumve ad summum annum, sed all
Así que era simplemente una suma que en realidad no se
permitía tocar.
Ita summa summa erat quae tangi non licebat
una suma que debía reservarse para emergencias
summa, quae ad casus reicienda erat
Pero había que ganar el dinero para vivir.
sed debebas mereri pecuniam vivere
Ahora bien, el padre era un hombre sano pero anciano que
no había trabajado durante cinco años.
Pater autem sanus erat sed senex qui non per quinquennium
laboraverat
Pero un anciano que ciertamente no tenía mucha confianza
en sí mismo.

sed senex qui certe sibi ipsi non multum confidit

Había engordado mucho en estos cinco años.

multum pingue induerat his quinque annis

Fueron las primeras vacaciones de su ardua y sin embargo infructuosa vida.

Primus dies festus erat vitae suae arduae et infaustae

y se había vuelto bastante torpe

et factus erat admodum informes

¿Y la anciana madre debería ahora quizás ganar dinero?

Et mater anicula nunc forsitan pecuniam merebit?

¿La anciana madre que sufría de asma?

anicula quae anhelis laborabat?

El paseo por el apartamento ya le causó tensión.

deambulatio per apartment iam fecit illam iactabantur

¿La anciana madre que pasaba todos los días en el sofá junto a la ventana abierta con dificultad para respirar?

mater anicula, quae alternis diebus super lectum diurnum per fenestram apertam habens difficultatem spirandi consumpsit?

¿Y la hermana debe ganar dinero?

Et soror pecuniam mereri debet?

La hermana que todavía era una niña a los diecisiete años.

soror, quae adhuc puer septem annis

Ella sabía que su forma de vida anterior era muy envidiable.

sciebat eam priorem vivendi modum valde invidiosam fuisse

Su forma de vida anterior consistía en vestirse bien, dormir hasta tarde y ayudar en la casa.

prior eius vitae modus constabat bene vestiendi, nuper dormiendi, et adiuvandi in domo

¿La hermana que sólo tuvo unos pocos placeres modestos?

soror, quae paucas pudicas voluptates habuit?

¿La hermana a quien le gustaba principalmente tocar el violín?

quae soror maxime gaudebat violino?

Cuando la conversación giraba en torno a esa necesidad de ganar dinero, Gregor siempre era el primero en abrir la puerta.

Cum sermonem ad hanc necessitatem lucrandi pecuniam convertit, Gregorius semper primus ostium emisit

y se dejó caer en el fresco sofá de cuero junto a la puerta.

et se in frigidum corium stibadium iuxta ostium proiecit

porque estaba ardiendo de vergüenza y de dolor

erat enim pudor et maeror

A menudo se quedaba allí acostado toda la noche.

Ibi saepe tota nocte iacebat

No durmió ni un momento y se limitó a rascarse el cuero durante horas.

Non dormit parumper et in corio modo exarati per horas

O no rehuyó el gran esfuerzo de empujar un sillón hasta la ventana.

Aut non refugit magno molimine thalamum ad fenestram

Se arrastró hasta el alféizar de la ventana y, apoyado en el sillón, se apoyó contra la ventana.

Fenestellam repit et in thalamo nixus ad fenestram recubuit

Aparentemente sólo para encontrar algo liberador en algún recuerdo.

Videtur quod iustus invenire aliquid liberans in aliqua memoria

La sensación liberadora que había encontrado anteriormente al mirar por la ventana.

de sensu liberando quod antea in fenestra prospiciens

De hecho, día tras día veía cosas que estaban incluso un poco lejanas cada vez más confusas.

Nam in dies videbat quae vel exigua longe magis magisque indistincta erant

El hospital de enfrente, cuya presencia tan frecuente había maldecido anteriormente.

hospitale contrarium, cui nimium frequenti aspectu maledixit

Ya no podía ver el hospital

non poterat videre hospitium amplius

Y si no hubiera sabido exactamente que vivía en la tranquila pero completamente urbana Charlottenstrasse, podría haber pensado que estaba mirando por su ventana hacia una zona desierta.

et si prorsus ignorasset se in quiete sed urbana
Charlottenstrasse vixisse, e fenestra sua in desertum locum se
spectare putaret.

**Un páramo en el que el cielo gris y la tierra gris se fundían
de manera indistinguible.**

desertum in quo caelum cinereum et terra cani indistincte
coaluerint

**Sólo dos veces la atenta hermana se dio cuenta de que la silla
estaba junto a la ventana.**

Tantum animadvertit soror sedula bis sellam ad fenestram
esse

**Después de ordenar la habitación, empujó la silla hacia la
ventana.**

Postquam cubiculum purgavit, sellam ad fenestram reiecit

Y desde entonces incluso dejó abierta la ventana interior.

et posthac etiam zonam interiorem apertam reliquit

**Ojalá Gregor hubiera podido hablar con su hermana y
agradecerle por todo.**

Utinam Gregor sorori suae loqui posset et ei gratias ageret de
omnibus

Entonces habría tolerado más fácilmente sus servicios.

tum officia sua facilius tulissent

Pero tal como estaban las cosas, él sólo sufrió por ello.

sed cum par erat, tantum ab illo laborabat

**La hermana, por supuesto, intentó disimular lo más posible
la vergüenza de todo el asunto.**

Soror utique, quam maxime totius rei perturbationem,
labefactare conatus est

**Y cuanto más tiempo pasaba, más éxito le daba, por
supuesto.**

et quo longius tempus aberat, quo melius valuit, nimirum

**Pero Gregor también vio todo mucho más claramente con el
tiempo.**

Gregor. vero etiam per omnia multo clarius tempore

Incluso su entrada a su habitación fue terrible para él.

Etiam eius ingressum in cubiculum eius terribile est

Tan pronto como entró, corrió directamente a la ventana sin tomarse el tiempo de cerrar la puerta.

quam primum ingressa est, statim ad fenestram cucurrit, nullo tempore ad ianuam claudendam

Por mucho que se preocupara de evitar que todos vieran la habitación de Gregor.

quantum aliter curabat ut conspectui cubiculi Gregor

Y abrió la ventana con manos apresuradas, como si estuviera a punto de asfixiarse.

et fenestram festinatis manibus aperuit, quasi paene suffocaret

y se quedó un rato en la ventana, aunque hacía mucho frío, y respiró profundamente.

et morata est aliquantisper ad fenestram, licet tam frigidam, et exspiraret

Con este correr y este ruido asustaba a Gregorio dos veces al día.

Hoc currendo et strepitu Gregoram bis die perterruit

Todo el tiempo estuvo temblando debajo del sofá.

totum tempus quatiebat sub lecto tricliniari

y él sabía muy bien que ella seguramente lo habría perdonado con mucho gusto.

et optime noverat eam certe libenter ei pepercisse

Ojalá hubiera podido quedarse en una habitación donde estaba Gregor con la ventana cerrada.

si modo manere potuisset in conclavi ubi Gregor clausa erat fenestra

Una vez llegó un poco antes de lo habitual.

Cum venit paulo ante solito

Probablemente había pasado un mes desde la transformación de Gregor.

Probabiliter erat mensis ex quo transformatio Gregor

Y ya no había ningún motivo especial para que la hermana se sorprendiera por la aparición de Gregor.

nec erat amplius aliqua ratio, si obstupesceret soror specie Gregor

Y encontró a Gregor, inmóvil y de un humor aterrador, mirando por la ventana.

et invenit Gregorium, immotum et terribilem modum, prospiciens per fenestram

No habría sido inesperado para Gregor si ella no hubiera entrado.

Non inopinatum fuisset Gregorio nisi intrasset

porque su posición le impedía abrir la ventana inmediatamente

quia locus eius prohibuit ne fenestram statim aperiret

Pero no sólo no entró, sino que incluso retrocedió y cerró la puerta.

sed non modo non intrauit, sed etiam retraxit et clausit ostium

Un extraño podría haber pensado que Gregor la acechaba y quería morderla.

extraneus credere potuit Gregorium sibi insidiantem et eam mordere velle

Gregor, por supuesto, se escondió inmediatamente debajo del sofá.

Gregor, statim sub stibadium absconditum

Pero tuvo que esperar hasta el mediodía antes de que su hermana regresara.

sed expectare debebat usque ad horam sextam antequam soror sua rediret

y parecía mucho más inquieta de lo habitual

et multo inquietior solito

Se dio cuenta de que verlo todavía era insoportable para ella.

Intellexit conspectum eius adhuc intolerabile esse

Y también se dio cuenta de que verlo seguiría siendo insoportable para ella.

et intellexit quod eius visus intolerabilis sibi esset

Ella tuvo que hacer un gran esfuerzo para no huir de la vista de ni siquiera una pequeña parte de su cuerpo.

superanda se erat ne a conspectu ne minima quidem corporis fugeret

La vista de su cuerpo sobresaliendo ligeramente del sofá.

visum corporis paulum a stibadium

Para ahorrarle ese espectáculo, un día llevó la sábana sobre su espalda hasta el sofá.

Huic visui ut parceret, aliquando schedam supinus ad stibadium portavit

y dispuso la sábana de tal manera que ahora estaba completamente oculto

et schedam ita ordinavit ut nunc penitus absconditus esset

de modo que la hermana, aunque se agachara, no pudiera verlo

ut soror, etiam si inclinaret se, videre eum non poterat

Le tomó cuatro horas completar este trabajo.

Accepit eum horarum ad perficiendum opus

Si no creyera que esta hoja era necesaria, podría haberla quitado.

Si schedam hanc non putat necessariam esse, eam removere potuit

Estaba claro que Gregor no podía disfrutar encerrándose tan completamente en sí mismo.

Satis apparebat non posse Gregorae voluntatem se tam totaliter excludere

pero dejó la sábana como estaba

sed reliquit sheet ut erat

Y Gregor incluso creyó haber captado una mirada agradecida.

et Gregorius etiam grato vultu deprehendisse se putavit

Cuando una vez levantó suavemente la sábana un poco con la cabeza

Cum semel schedam paulum capite leniter levavit

para ver cómo reaccionó la hermana al nuevo arreglo

videre quomodo soror ad novam ordinationem portavit

Durante los primeros catorce días, los padres no pudieron animarse a venir a verlo.

Primis quattuordecim diebus parentes se ad visendum venire non potuerunt

y a menudo los escuchaba reconocer plenamente el trabajo actual de la hermana.

eosque saepe audiebat plene agnoscens laborem currentis sororis

A pesar de que a menudo se habían enfadado con su hermana.

etsi saepe cum sorore molesti erant

porque les había parecido una muchacha algo inútil

quod illis inutilis puella videbatur

Pero ahora tanto el padre como la madre esperaban a menudo fuera de la habitación de Gregor.

Nunc autem pater et mater saepe extra cubiculum Gregor

Mientras la hermana estaba limpiando

dum soror purgaret

Y tan pronto como salió, tuvo que decir exactamente cómo era la habitación.

statimque ut egressa est, prorsus indicabat quid cubiculi simile videretur

»¿Qué comió Gregorio?«

» Quid manducavit Gregor?

»¿Cómo se comportó esta vez?»

» Quomodo hoc tempore gessit?

«¿Quizás se notó una ligera mejoría?»

» An forte aliqua levi emendatio notanda est?

Por cierto, la madre quería visitar a Gregor relativamente pronto.

Mater, in via, Gregoram relative mox visitare voluit

Pero su padre y su hermana inicialmente la frenaron con razones racionales.

sed pater eius et soror initio rationalibus rationibus eam continuerunt

Razones que Gregor escuchó con mucha atención y que aprobó plenamente.

rationes, quas attentius audiebat Gregorius, quasque plene approbavit

Más tarde, sin embargo, tuvieron que ser retenidos por la fuerza.

postea vero vi detineri debebant

«¡Déjame ir con Gregor, es mi desdichado hijo!»

»Iam ad Gregor, ille est filius meus infelices!

¿No entiendes que tengo que ir a verlo?

Non intelligis me ad eum eundum esse?

Entonces Gregor pensó que quizás sería bueno que su madre viniera.

tum Gregor , si forte mater eius ingressa esset , bonum fore putavit

No todos los días, por supuesto, pero quizás una vez a la semana.

non cotidie utique, sed fortasse semel in hebdomada

Ella entendía todo mucho mejor que su hermana.

quae soror multo melius intellexit

La hermana que, a pesar de todo su coraje, era todavía sólo una niña.

soror, quae, quamvis animorum omnium, adhuc puer erat

y, en última instancia, es posible que haya asumido una tarea tan difícil sólo por imprudencia infantil.

et in finali analysi, potest tantum negotium suscepisse tam difficilis quam a puerili temeritate

El deseo de Gregor de ver a su madre pronto se hizo realidad.

Gregor matrem suam videre velle mox venit

Durante el día, Gregor no quería asomarse a la ventana por consideración a sus padres.

Interdiu Gregor in fenestra se ob oculos parentum ostendere noluit

No podía arrastrarse mucho por los pocos metros cuadrados de suelo.

Non poterat multum serpere in paucis metris quadratis

Le resultaba difícil permanecer quieto durante la noche.

Noctu cubare difficilem invenit

Comer ya no le producía el más mínimo placer.

Edentes iam non dederunt ei vel minimam voluptatem amplius

Y así, para distraerse, tomó la costumbre de arrastrarse de un lado a otro por las paredes y los techos.

itaque, ut se distraheret, per parietes et laquearia reptando conscendit

Le gustaba especialmente colgarlo en el techo.

Maxime probaverunt in tecto suspendendi
Fue completamente diferente a estar tirado en el suelo.
fuit omnino aliud quam humi iacebat
Respiraste más libremente; una ligera vibración recorrió tu cuerpo.
liberius spirabas; levi tremor perambulabat corpus tuum
Y en la casi feliz distracción en la que se encontraba Gregor allí arriba, podía suceder que, para su propia sorpresa, se soltara y cayera al suelo.
et in propemodum felici distractione, in qua Gregorius ibi se repererat, fieri posset ut, admiratione suo, terram dimisit et percussit.
Pero ahora, por supuesto, tenía control sobre su cuerpo de una manera completamente diferente a la anterior.
Nunc vero longe aliter quam ante corporis sui potestatem habuit
y no se hizo daño en una caída tan fuerte
et in tanto lapsu se non laesit
La hermana se dio cuenta inmediatamente del nuevo entretenimiento que Gregor había encontrado para sí mismo.
Soror statim animadvertit novum hospitium sibi Gregor
También dejó rastros de su adhesivo aquí y allá mientras se arrastraba.
Etiam vestigia stipendii sui hinc inde repit
Y entonces se le metió en la cabeza permitir que Gregor pudiera gatear lo máximo posible.
et deinde in caput suum sumpsit, ut quamplurimum Gregorius serperet
y decidió quitar los muebles que impedían sus movimientos
supellectilem autem removere decrevit, quo motus eius prohibuisset
especialmente la caja y el escritorio
maxime buxum et in mensa
Pero por supuesto, ella no podía hacerlo sola.
Sed hoc solum facere non potuit
Ella no se atrevió a pedirle ayuda a su padre.

Non audet a patre auxilium petere
La criada seguramente no la habría ayudado.
certe ancilla eam non adiuvisse
porque esta muchacha, de unos dieciséis años, había estado
trabajando valientemente desde el despido de la ex cocinera
quod puella, annos nata circiter sedecim, fortiter laboraverat a
dimissione prioris coci
Pero ella había pedido el privilegio de que se le permitiera
mantener la cocina cerrada en todo momento.
sed petebat privilegium ut coquinam omni tempore clausum
teneret
y pidió abrir solo en llamadas especiales
et rogavit ut solum aperiret in speciali vocatione
Así que la hermana no tuvo más remedio que ir a buscar a su
madre en ausencia de su padre.
itaque soror nihil eligit nisi ut matrem absente patre arcesseret
Con gritos de emocionada alegría llegó también la madre.
Clamore perciti accessit mater quoque
Pero ella se quedó en silencio en la puerta de la habitación
de Gregor.
sed fores ad cubiculum Gregorii obticuit
Primero, por supuesto, la hermana comprobó que todo en la
habitación estaba bien.
Primum, sane, soror repressit an omnia in conclavi bene essent
Sólo entonces dejó entrar a su madre.
tunc non dimisit matrem suam intrare
Gregor había tirado apresuradamente de la sábana más
profundamente y en más pliegues.
Gregor schedam altius ac plura plicas raptim detraxerat
Todo esto realmente parecía una sábana arrojada al azar
sobre el sofá.
totum vere iustus quasi linteum passim in lectum immisit
Gregor también se abstuvo de espiar bajo la sábana.
Gregorius quoque a explorando sub scheda abstinuit
decidió no ver a su madre esta vez
noluit videre matrem suam hoc tempore

Y él estaba contento de que ella hubiera venido después de todo.

et gavisus est quod venerat post omnes

Vamos, no puedes verlo, dijo la hermana.

Age, non potes videre eum, dixit soror

y aparentemente llevaba a su madre de la mano

et quasi manu duxit matrem suam

Gregor ahora oyó a las dos débiles mujeres mover la vieja y pesada caja de su lugar.

Gregor nunc audivit duas feminas infirmas de loco suo gravem antiquam capsam movere

y escuchó cómo la hermana siempre reclamaba la mayor parte del trabajo para ella.

et audivit quomodo soror semper plurimum sibi laboris vindicavit

Ella hizo esto sin escuchar las advertencias de su madre, quien temía que se esforzara demasiado.

Hoc fecit sine monitis matris audientibus, timens ne se nimium exerceret

Tomó mucho tiempo

Is diutissime tulit

Después de unos quince minutos de trabajo, la madre dijo que sería mejor dejar la caja aquí.

Post circiter quindecim minutas operas, mater dixit melius fore ut hic cistam excederet

Porque en primer lugar la caja es demasiado pesada.

quia primum buxum gravis est

No terminarían antes de que llegara el padre.

priusquam pater venire noluit

Y usarían la caja en el medio de la habitación para bloquear todos los caminos de Gregor.

et in medio conclavi uterentur thecam ad omnem semitam Gregor obstruendam

En segundo lugar, no es del todo seguro que Gregor se hiciera un favor a sí mismo al retirar los muebles.

Secundo, minime certum est Gregorium sibi beneficium facere supellectile subtrahendo

Parece que ocurre lo contrario.
Contrarium videtur
La visión de la pared vacía casi le pesaba en el corazón.
Visus parietis inani prope in corde suo pensus
¿Y por qué no debería Gregor tener también este sentimiento?
Cur autem hoc quoque non sentit Gregorius?
ya que ya está acostumbrado a los muebles de la habitación y por lo tanto se sentirá abandonado en la habitación vacía
quoniam iam in conclavi utendum est et ideo senties in cella vacua relicta
-¿Y no es así? -concluyó la madre en voz muy baja, casi susurrando-.
» Nec ita est, « quietissime confecta mater, prope insusurravit
Como si quisiera evitar a Gregor, cuyo paradero exacto no conocía, ni siquiera oyendo el sonido de la voz.
quasi vellet vitare Gregorium, cuius exactam ubinam ignorabat, etiam sonitum vocis auditus
porque estaba convencida de que él no entendía las palabras
quia persuasum erat se verba non intelligere
¿Y no es como si al quitar los muebles estuviéramos demostrando que renunciamos a toda esperanza de mejora?
Nonne quasi supellex sublata, ostendimus nos omnem spem meliorationis omittere?
»¿No te parece como si estuviéramos dejándolo librado a sus propios recursos de manera imprudente?
» Videturne eum incaute a suis cogitationibus discedere?
»Creo que lo mejor sería que intentáramos mantener la habitación exactamente como estaba antes«
» Optime fore puto, si locum quem ad modum ante erat servare conati sumus.
»Para que cuando Gregorio regrese con nosotros, encuentre todo igual.»
» ut, cum ad nos Gregoras redierit, omnia immutata inveniat».
»para que pueda olvidar más fácilmente el período intermedio«
» ut facilius tempus interim obliviscatur«.

Cuando Gregor escuchó estas palabras de su madre, se dio cuenta de algo.

Gregor, cum haec verba a matre audiret, aliquid intellexit

En el transcurso de estos dos meses su mente se había vuelto confusa.

Horum duorum mensium curriculo mens eius confusa est

la falta de cualquier contacto humano directo

carentiam aliquam directam humanam contactum

asociado a la vida monótona en el seno de la familia

cum fastidiosus in medio familiae

Porque de otra manera no podía explicar cómo pudo haber exigido seriamente que se vaciara su habitación.

Non enim aliter poterat exponere quomodo serio postulare potuerit ut cubiculum suum evacuetur

¿Realmente quería que aquella cálida habitación, cómodamente amueblada con muebles heredados, se convirtiera en una cueva?

Volebatne cellarium habere, paterna supellectile instructum, in antrum convertisse?

Una cueva en la que podía arrastrarse en todas direcciones sin ser molestado.

antrum , in quo serpere potuit , quaquaversum quietum

Pero esto bajo un olvido simultáneo, rápido y completo de su pasado humano.

sed hoc sub simultaneo, rapido, plenariam oblivionem praeteriti hominis sui

¿Estaba ya cerca de olvidar?

Eratne iam prope oblitus?

Sólo la voz de su madre, que hacía tiempo que no oía, lo había sacudido.

sola vox matris, quam diu non audierat, concusserat

No se debía quitar nada, todo debía permanecer.

Nihil detrahi debet, omnia morari

No podía prescindir de los efectos positivos que los muebles tenían sobre su estado.

Suam condicionem positivis effectibus ornatus carere non potuit

Y si los muebles le impedían arrastrarse sin sentido, no había problema.

quod si circum- reptile insensatum impediret supellectilem, nihil nocuit

En cambio, fue una gran ventaja

sed erat magna utilitas

Pero lamentablemente la hermana tenía una opinión diferente.

Sed proh dolor diversam opinionem habebat soror

Ella había adquirido el hábito de actuar como una experta especial cuando discutía los deseos de Gregor con sus padres.

eam in consuetudinem agendi tamquam peritiam specialem comparaverat, cum de voluntate Gregorii cum parentibus suis dissereret

Sin embargo, aquí no estaba del todo injustificado.

attamen hic non omnino iniustum fuit

Y ahora el consejo de la madre era razón suficiente para que la hermana insistiera en la remoción.

et ideo iam consilium matris satis causa fuit sorori ut remotionem efficeret

pero no solo el retiro de la caja y el escritorio, sino también todos los muebles

non solum autem remotionem pyxidem et pluteum, sed etiam omnem supellectilem

con excepción del indispensable sofá

praeter stibadium necessarium

Por supuesto, no fue sólo un desafío infantil lo que la llevó a hacer esta demanda.

Utique non puerilis contumaciae fuit quae eam postulavit

No fue su confianza en sí misma recientemente adquirida, tan inesperada y difícil de conseguir.

non ei fiduciae nuper acquisitae, tam inexspectatae et obduratae

De hecho, había observado que Gregor necesitaba mucho espacio para gatear.

animadvertisset Gregorium multum spatii ad serpere opus
esse

**Por otra parte, los muebles, hasta donde se podía ver, no
eran en absoluto utilizables.**

Sed supellex, quantum perspicitur, ne minimum quidem utilis
fuit

**Pero quizás el espíritu romántico de las chicas de su edad
también jugó un papel.**

Sed fortasse spiritus venereus puellarum eius aetati etiam
munere functus est

**El deseo que busca satisfacción en cada oportunidad para
hacer aún más aterradora la situación de Gregor.**

desiderium qui satisfactionem quaerit quavis opportunitate ut
condicionem Gregorii magis terribilem reddat

**para poder hacer aún más por él de lo que había hecho hasta
ahora**

ut plus ei facere posset quam id fecisset

El espíritu entusiasta con el que Grete ahora se dejó seducir

alacer animus per quem Grete nunc se seduci permisit

**Porque en una habitación donde sólo Gregor dominaba las
paredes vacías, nadie excepto Grete se atrevería a entrar.**

Quia in conclavi ubi solus Gregor moenia vacua dominabatur,
nemo umquam nisi Grete audet intrare

Y así no dejó que su madre la disuadiera de su decisión.

Et ideo non dimisit matrem suam a consilio suo

**Bueno, Gregor todavía podría prescindir de la caja en caso
de emergencia.**

Bene, Gregor, potuit adhuc sine cistae in casulis

pero el escritorio tuvo que quedarse

sed desk erat ut manere

**Y apenas las mujeres habían salido de la habitación con la
caja cuando Gregor asomó la cabeza de debajo del sofá.**

Vix autem feminae cubiculum cum archa discesserat, cum
Gregorius caput e lecto suo immisit

**para ver cómo podría intervenir con el mayor cuidado y
consideración posible**

videre quomodo posset diligenter ac quam diligentissime
intervenire
**Pero desafortunadamente fue la madre quien regresó
primero.**
Sed proh dolor fuit mater quae prima rediit
Mientras Grete sostenía la caja en la habitación de al lado.
dum Grete capsam in altera camera tenuit
**Ella balanceaba la caja de un lado a otro sola, sin moverla de
su lugar, por supuesto.**
Sola ultro citroque torsit illa, quin e loco suo moveatur
**Pero la madre no estaba acostumbrada a ver a Gregor, podría
haberla enfermado.**
Mater autem non videbat Gregor, male facere poterat
**Y entonces Gregor, asustado, corrió hacia atrás hasta el otro
extremo del sofá.**
et sic Gregor territus ad extremum stibadium retro ruit
**Pero ya no pudo evitar que la sábana se moviera un poco
hacia delante.**
sed schedam amplius impedire non poterat quominus paulo
ante moveretur
Eso fue suficiente para llamar la atención de la madre.
Hoc satis est attentionem matris adepto
**Hizo una pausa, se quedó quieta por un momento y luego
regresó con Grete.**
Illa restitit, parumper stetit, ac deinde Gretam rediit
**Gregor se repetía una y otra vez que no estaba sucediendo
nada inusual.**
Gregorius dicebat sibi nihil insolens fieri
Son solo algunos muebles que se han movido.
Suus 'pauca quae de supellectile commota sunt'
Pero pronto tuvo que admitir que sí le afectaba.
sed mox fatendum est eum
**Este ir y venir de las mujeres, sus pequeños llamados, el
rasguño de los muebles en el suelo.**
haec deambulatio feminarum, pusilli vocat, scalpendi supellex
in tabulato
como una gran agitación alimentada por todos lados

quasi tumultus magnus undique pascitur
Tiró de su cabeza y piernas hacia él tan fuerte como pudo.
caput et crura ad eum tam arcte traxit quantum poterat
y presionó el cuerpo contra el suelo
et pressit corpus humo
Y, inevitablemente, se dijo a sí mismo que no podría soportar esto por mucho tiempo.
neque se id diutius ferre posse
Vaciaron su habitación y se llevaron todo lo que amaba.
cubiculum suum purgaverunt et omnia quae amaverat accepit
Ya habían sacado la caja que contenía la sierra caladora y otras herramientas.
Iam extulerant capsulam in qua jigsaw et alia instrumenta
Ahora aflojaron el escritorio que ya estaba firmemente enterrado en el suelo.
Nunc mensam, quae iam firmiter in terra defossa erat, solvunt
El escritorio en el que había escrito sus tareas como licenciado en empresariales y como estudiante.
the desk at which he had written his destinations as a business graduati et quasi discipulus
Sí, incluso cuando era estudiante de primaria trabajó en este escritorio.
ita, etiam ut primarius scholae discipulus in hoc scrinio laboravit
Realmente no tuvo tiempo de comprobar las buenas intenciones.
vere tempus sisto bona voluntate
A pesar de que las dos mujeres realmente tenían buenas intenciones.
non obstante quod duas mulieres vere habuit bonam voluntatem
Casi había olvidado su existencia.
Paene oblitus erat eorum existentiae
Porque ya estaban trabajando en silencio por el cansancio.
quia iam tacitus laborabat
y solo se podía escuchar el fuerte golpeteo de sus pies
et quis non potest nisi gravibus percussione pedum audire

Y así estalló

Itaque erupit

Las mujeres se apoyaban en el escritorio de la habitación contigua para recuperar el aliento.

Feminae in proximo scrinio incumbebant ut spiritum caperent

Cambió la dirección de su carrera cuatro veces

mutare directionem currere quater

Realmente no sabía qué salvar primero

vere nesciebat quid prius servare

Allí vio el retrato de la dama vestida con pieles colgado llamativamente en la pared por lo demás vacía.

vidit ibi imaginem dominae pellibus in parietibus aliter vacuam conspicuam indutam

Se arrastró rápidamente y se presionó contra el cristal.

celeriter repit et contra vitrum se premebat

El vaso que lo sostenía y reconfortaba su vientre caliente.

vitrum quod tenebat et confortabat ventrem suum calidum

Al menos este cuadro, que Gregor había tapado por completo, seguramente no sería quitado.

Haec tabula certe, quam nunc Gregorius perfudit, certe auferre non potuit

Giró la cabeza hacia la puerta de la sala de estar para ver a las mujeres regresar.

caput convertit ad sessorium ostium ut feminae revertantur spectandae

No se habían permitido mucho descanso y regresaron.

Illi multam quietem sibi non permiserunt et recesserunt

Grete había puesto su brazo alrededor de su madre y casi la estaba cargando.

Grete bracchium ei posuerat circa matrem suam et fere gestabat eam

«¿Qué nos llevamos ahora?», dijo Grete y miró a su alrededor.

» Quid ergo nunc feremus?

Entonces sus ojos se encontraron con los de Gregor en la pared.

Tunc oculi eius in muro occurrerunt Gregor

Probablemente fue solo debido a la presencia de su madre que mantuvo la compostura.

Probabile erat solum ob praesentiam matris suae quod suam compositionem servabat

Inclinó la cara hacia su madre para evitar que mirara a su alrededor.

inclinavit faciem suam ad matrem suam, ut prohiberet eam a circumspiciendo

Y ella dijo, aunque temblorosa y desconsiderada:

et ait tremens et inconsideratus;

Vamos, ¿no deberíamos volver a la sala de estar por un momento?

Age, nonne ad sessorium parumper revertamur?

La intención de Grete estaba clara para Gregor.

Grete patebat intentio Gregorii

Ella quería poner a su madre a salvo.

et voluit eam matrem suam ad salutem adducere

Y luego ella quiso perseguirlo desde la pared.

et tunc voluit eum de muro persequi

Bueno, ¡al menos podría intentarlo!

Bene, saltem conari posset!

Se sentó sobre su foto y no la abandonó.

Super imaginem suam sedit et non dedit eam

Preferiría saltarle en la cara a Grete.

Ille potius salire in faciem Grete

Pero las palabras de Grete preocuparon aún más a su madre.

Sed Grete verba magis anxiam matrem

Ella se hizo a un lado y vio la enorme mancha marrón en el papel tapiz floreado.

illa deposuit et vidit ingentem maculam fuscam in floris wallpaper

Antes de darse cuenta, gritó que era Gregor.

Antequam etiam eam perciperet, Gregoram exclamavit

con voz ronca y chillona: "¡Oh Dios, oh Dios!"

eiulans raucus: "O Deus, o Deus!"

y cayó con los brazos abiertos, como si lo entregara todo, sobre el sofá.

et concidit passis manibus, quasi omnia omitteret, super
lectum immisit
Y luego ella no se movió
et non movere
**—¡Tú, Gregor! —gritó la hermana con el puño en alto y una
mirada penetrante.**
»Tu, Gregor!« exclamavit soror pugno erecto et voltu
perspicacissimo
**Éstas fueron las primeras palabras que le había dicho
directamente desde la transformación.**
Haec prima verba sunt ei directo locuta ab ipsa
transmutatione
**Corrió a la habitación de al lado para conseguir alguna
esencia con la que pudiera despertar a su madre de su
inconsciencia.**
Cucurrit in proximum cubiculum ut aliquam essentiam
acciperet qua matrem ab ignaro suo excitare posset
Gregor también quería ayudar.
Gregor etiam volens auxilium
Todavía había tiempo para salvar la imagen.
Tempus erat nisi pictura
**Pero se quedó pegado al cristal y tuvo que arrancarse con
fuerza.**
sed vitreo firmiter adhaesit et vi se abripuit
**Luego corrió a la habitación de al lado como si pudiera darle
algún consejo a su hermana.**
deinde in proximam conclave cucurrit quasi consilium sorori
dare posset
**pero él tuvo que quedarse de brazos cruzados detrás de ella
mientras ella hurgaba en varias botellas.**
sed iners stare debebat post eam dum per varios utres
perscrutatur
Y todavía la asustó cuando se dio la vuelta.
et adhuc perterruit eam quando conversa est
Una botella cayó al suelo y se rompió
lagenam cecidit in area et confregit
Una astilla hirió a Gregor en la cara.

Gregorius in facie festucam deterioratus
Una medicina corrosiva lo rodeaba.
quidam mordax medicina circumdederunt eum
Grete ahora, sin detenerse más, tomó tantas botellas como pudo.
Grete nunc non intermisso diutius , tot utres quot capere poterat , cepit
Y corrió con los frascos de medicinas hacia su madre.
et cucurrit cum utres medicinalibus matri suae
Ella cerró la puerta con el pie.
Clausit ostium pede
Gregor ahora estaba separado de su madre, quien quizás estaba cerca de morir debido a sus acciones.
Gregor, iam abscissus est a matre, quae factis suis fortasse morti proximus erat
No le permitían abrir la puerta si no quería echar a su hermana, que tenía que quedarse con su madre.
non licebat ianuam aperire, si sororem suam, quae cum matre manere debuit, expellere nolebat
Ahora no tenía nada que hacer más que esperar.
non habebat modo expectare
Y acosado por el autorreproche y la ansiedad, comenzó a gatear.
et per contumeliam et sollicitudinem sui, coepit serpere
Se arrastró por todo: paredes, muebles y techo.
Ille omnia repit; muros, supellectilem et laquearia
Toda la habitación empezó a girar a su alrededor.
totus locus circum se circumvolvi coepit
y finalmente cayó desesperado sobre la gran mesa
et tandem desperans cecidit super mensam magnam
Pasó un rato y Gregor yacía allí exhausto.
Modicum intercessit, Gregorius ibidem defatigatus iacuit
Todo estaba tranquilo, tal vez eso era una buena señal.
Is quievit in circuitu, fortasse bonum signum erat
Entonces sonó el timbre.
Tum insonuit tintinabulum

La niña, por supuesto, estaba encerrada en su cocina y Grete tuvo que ir a abrirla.

Puella in culina sua utique clausa erat et Grete ire et aperire

Fue el padre quien vino

pater qui venit

«¿Qué pasó?», fueron sus primeras palabras.

»Quid accidit?« prima verba erant

La aparición de Grete probablemente le había dicho todo.

Apparentia verisimiliter narraverat ei omnia Grete

Grete respondió con voz apagada.

Grete respondit stolido

Al parecer presionó su cara contra el pecho de su padre.

Videtur quod pressit vultum patris ad pectus

La madre estaba inconsciente, pero ya se siente mejor

Mater nescia erat, sed melius iam sentiens

Gregor ha escapado, añadió.

fugit Gregor, haec addidit

«Me lo esperaba», dijo el padre.

» Exspectavi, » inquit pater

Siempre os lo he dicho, pero vosotras las mujeres no queréis escuchar.

Semper tibi dixi, sed mulieres audire nolunt

Para Gregor estaba claro que su padre había malinterpretado el mensaje demasiado breve de Grete.

Constabat Gregor. patrem Grete nimis brevem nuntium male interpretatum fuisse

Supuso que Gregor había cometido algún acto de violencia.

. . . . . .

Por eso Gregor tuvo que intentar ahora apaciguar a su padre.

Gregor. igitur patrem iam placare debuit

porque no tuvo ni el tiempo ni la oportunidad de ilustrarlo

quod nec tempus nec tempus ei illustrandi

Y así huyó a la puerta de su habitación y se apretó contra ella.

Itaque ad fores cubiculi sui confugit et se ab eo premebat

para que el padre pudiera verlo inmediatamente desde la antesala al entrar

ut pater eum statim ab antecella introeuntem videret

Gregor tenía toda la intención de regresar a su habitación inmediatamente.

Gregor omnem intentionem habuit statim ad cubiculum suum redeundi

No hay necesidad de hacerlo retroceder

non opus est ut repellere eum

Sólo había que abrir la puerta y desaparecía inmediatamente.

uno modo oportebat aperiri ostium et statim evanescere

Pero el padre no estaba de humor para notar tales sutilezas.

Sed pater non erat in mente huiusmodi argutias notare

«¡Ah!», exclamó nada más entrar.

» hei!« inquit, quamprimum ingressus est

Como si estuviera enojado y feliz al mismo tiempo

quasi iratus laetusque simul

Gregor apartó la cabeza de la puerta y la levantó hacia su padre.

Gregor caput ab ostio retraxit et versus patrem erexit

Realmente no había imaginado a su padre parado allí así.

Patrem suum ibi stantem vere sic non putabat

Sin embargo, en los últimos tiempos, debido a su nuevo y alocado andar a gatas, había descuidado prestar atención a lo que estaba sucediendo en el resto del apartamento como solía hacer.

Nuper autem hisce temporibus propter recentes circum-crepantes, quid ageretur in conclavi, quod ageretur, observare neglexerat.

Debería haber estado preparado para afrontar circunstancias cambiadas.

mutatis condicionibus occurrere paratus esset

Pero ¿era todavía ese el padre?

Nihilominus pater adhuc erat?

¿Era todavía el mismo hombre que yacía cansado en la cama cuando Gregor partió para un viaje de negocios?

Etiamne idem erat qui in lecto lassatus iacebat cum Gregor ad iter negotium proficisceretur?

¿Era todavía el mismo hombre que lo había recibido en bata en su sillón las tardes en que regresaba a casa?
Etiamne idem ille qui eum toga vestitum in conclavi ad vesperas salutaverat domum rediit?
¿Era todavía el mismo hombre, incapaz realmente de levantarse para recibirlo?
adhucne idem homo surgere non potuit ut eum reciperet?
¿Era todavía el mismo hombre que había levantado los brazos en señal de alegría para darle la bienvenida?
Idemne fuit, qui arma pro laetitia excepit?
¿Era todavía el mismo hombre con el que salía a pasear algunos domingos al año?
Adhuc idem homo paucis dominicis per annum ambulat?
Paseos raros juntos en las fiestas más altas
rara graditur in summis festis
Entre Gregorio y su madre, que ya caminaba lentamente.
inter Gregorium et matrem eius, quae lente iam ambulabat
Y aún así fueron un poco más lentos para él.
et adhuc paulo tardius pro eo
¿Era todavía el mismo hombre que se envolvía en su viejo abrigo durante estos paseos?
Etiamne idem ille qui his vestigiis involutus est vetere tunica?
¿Era todavía el mismo hombre que cuidadosamente, con su bastón, se abría camino hacia adelante?
Idemque erat qui sedulo tendit elaboravit ferula?
¿Y era todavía el mismo hombre que, en estos paseos, cuando quería decir algo, casi siempre se detenía y reunía a sus compañeros a su alrededor?
Etiamne idem ille, qui his ambulationibus, cum aliquid dicere vellet, fere semper restitit et socios suos circumdedit?
Pero ahora estaba bien erguido.
Nunc autem erat integer
Estaba vestido con un uniforme ajustado de color azul con botones dorados, como los que usan los empleados de las instituciones bancarias.
Vestitus est uniformis caerulei coloris cum globulis aureis, sicut servi institutionum argentariae utentur

Por encima del alto y rígido cuello de su abrigo se desarrollaba su fuerte papada.

Supra altam cervicem eius tunicae, mentum duplex evolvit

Debajo de las pobladas cejas, la mirada de los ojos negros parecía fresca y atenta.

sub superciliis fruticibus aspectus nigris oculis recentibus et intentis apparebat

El cabello blanco despeinado estaba peinado hacia abajo en una raya meticulosa.

crinibus passis in scrupulosam emissa

Arrojó su gorra, en la que estaba fijado un monograma dorado, probablemente el de un banco, sobre el sofá.

Proiecit pileum, cui monogramma aureum appensum est, probabiliter argentaria, super stibadium

Los extremos de su larga chaqueta de uniforme estaban vueltos hacia atrás y sus manos estaban en los bolsillos de sus pantalones.

longae tunicae eius fines retorquebantur, manus in sinum bracarum

Y caminó hacia Gregor con cara sombría.

et ivit ad Gregorium vultu truci

Probablemente ni siquiera sabía lo que estaba planeando.

Probabiliter ne scit quid pararet

Al menos levantó los pies inusualmente alto.

saltem ultra modum pedes extulit

y Gregor se quedó asombrado por el gigantesco tamaño de las suelas de sus botas

et Gregor mirabatur magnitudinem ingentis caligæ vestigiorum

Pero no se detuvo allí.

Sed non ibi

Supo desde el primer día de su nueva vida que su padre consideraba que sólo la mayor severidad era apropiada para él.

Cognovit a primo vitae die ad patrem, quod ad se ipsum, ad extremum severitatis haberet

Y así se escapó de su padre.

Itaque a patre fugit

Hizo una pausa cuando su padre se detuvo.

morata cum patre constitit

y corrió hacia adelante nuevamente tan pronto como su padre se movió

et pater mox iterum prosilivit

Así que dieron varias vueltas por la sala sin que ocurriera nada decisivo.

Plures itaque circum conclave circumeuntes fecerunt sine ullo certo eventu

Sin que todo parezca una persecución debido a su ritmo lento.

sine toto rem speciem insequendi lento gradu habentem

Por eso Gregor también se quedó en el suelo por el momento.

Ideo etiam Gregor in pavimento tantisper mansit

El padre podría considerar que escapar hacia las paredes o el techo es particularmente perverso.

pater, ut evaderet ad muros vel ad laquearia pessimum maxime

Sin embargo, Gregor tuvo que convencerse a sí mismo de que no podría seguir así por mucho tiempo.

Sed Gregor, narrabat sibi non posse hunc cursum diu servare

porque mientras el padre daba un paso, tenía que realizar una miríada de movimientos

quia dum pater unum gradum accepit, myriades motuum perficiendus erat

La falta de aire ya empezaba a hacerse sentir.

Suspirium iam inciperet se sentire

Tampoco había tenido un pulmón completamente confiable en sus primeros días.

aut in prioribus diebus omnino fidum non habuisset

Se tambaleó para reunir todas sus fuerzas para la carrera.

cunctas vires suas procursu congregare titubavit

Estaba tan cansado que apenas podía mantener los ojos abiertos.

adeo fatigatus erat ut oculos suos vix aperiret

En su estupidez ni siquiera pensó en correr a buscar otro rescate.

Stultitia ne ipsum quidem putat ad salutem alterius currere

Casi había olvidado que las paredes estaban libres.

prope oblitus muros

Y entonces, ligeramente arrojado, algo voló a su lado.

ac deinde, leviter projecto, juxta eum aliquid devolavit

y delante de él rodaba una manzana

et prae se volvit malum

Una segunda manzana también pasó volando junto a él.

Alterum malum praetervolavit quoque

Gregor se detuvo en estado de shock, era inútil seguir corriendo.

Gregor offensus obstitit, supervacuum est ad currendum permanere

Porque el padre había decidido bombardearlo.

quia pater decreverat bomb eum

Se había llenado los bolsillos con el frutero que había en el aparador.

Loculos e phiala pomi impleverat in urceolo

Y ahora, sin apuntar con precisión, lanzó manzana tras manzana.

iamque non acriter petens, pomum post malum proiecit

Estas pequeñas manzanas rojas rodaban por el suelo como si estuvieran electrificadas y chocaban entre sí.

Haec poma rubra paulatim circum terram volvebantur ut electrificata et in se invicem censuit

Una manzana lanzada débilmente rozó la espalda de Gregor, pero se deslizó sin hacerle daño.

Malum infirme iactum dorsum Gregorii detondebat, sed innoxia delapsus est

Una manzana que voló inmediatamente tras él penetró en la espalda de Gregor.

Malum quod statim post eum volavit dorsum Gregor

Gregor quería seguir arrastrándose, como si el sorprendente e increíble dolor pudiera desaparecer con el cambio de ubicación.

Gregor se trahere voluit, quasi dolor mirabilis incredibilis cum loci mutatione evanescere posset

pero se sentía como si estuviera clavado

sed sentiebat quasi adfixus

y se estiró en completa confusión de todos los sentidos.

et intendit se in confusione omnium sensuum

Sólo con su última mirada vio que la puerta de su habitación se abría de golpe.

Extremo solo aspectu fores cubiculi sui discerptas vidit

y vio a la madre salir corriendo delante de la hermana que gritaba

et vidit matrem, et prorupit ante sororem clamantis

Ella estaba en camisa porque su hermana la había desvestido.

erat in camisia , quod soror induerat eam

Para darle espacio para respirar en su inconsciencia.

ad eam respirandi in ignaro

Vio como la madre corría hacia el padre

vidit quomodo mater ad patrem cucurrit

y vio cómo su falda desatada se deslizaba al suelo una tras otra

et vidit quod solutum pallium elapsa est in terram una post alteram

y la vio tropezar con su falda mientras se acercaba a su padre

et vidit illam offendiculum super alam ejus, cum appropinquaret patri suo

En completa unión con su cuerpo, la vista de Gregor también falló.

in plena coniunctione cum corpore eius acies etiam Gregorii defecit

Abrazándolo, pidió que le perdonaran la vida a Gregor.

Eum amplexans, vitam Gregorae ut sibi parceretur postulavit

Gregor sufrió la grave lesión durante más de un mes.

Gregorius gravem iniuriam passus est ultra mensem

La manzana quedó porque nadie se atrevió a quitarla.

Pupillus remansit quia nemo eam auferre ausus est

La manzana permaneció en la pulpa como un recordatorio visible.

pupillam in carne visibilis admonitio

Incluso al padre se le recordó que no se debía tratar a Gregor como a un enemigo.

Etiam pater admonitus est Gregorium tamquam hostem non debere tractari

A pesar de su triste y repugnante apariencia actual, era un miembro de la familia.

quamvis praesens tristis et foeda species, familiaris erat

La renuencia tuvo que ser tragada y tolerada.

gravantes absorberi et tolerari

Debido a su herida, probablemente perdió su movilidad para siempre.

Ob vulnus, mobilitas eius in aeternum fortasse amissa est

Por el momento pasó largos, largos minutos cruzando su habitación.

tantisper diu commoratus, thalamo suo longis minutis trajectus

Arrastrarse en las alturas estaba fuera de cuestión

Altitudine reptans erat de quaestione

Pero recibió lo que consideró una compensación completamente adecuada por este deterioro de su condición.

sed accepit, quod ad hanc corruptionem suae conditionis omnino adaequatam esse censebat

Siempre por la noche se le abría la puerta del salón.

semper ad vesperum exedra ei ianua aperta est

Solía vigilar atentamente la puerta una o dos horas antes.

Ianua proxime observabat una vel duabus horis ante

Así pudo, acostado en la oscuridad de su habitación, invisible desde la sala de estar, ver a toda la familia en la mesa iluminada.

sic in obscuritate cubiculi sui, e exedra invisibili, iacens totam familiam ad mensam illuminatam videre potuit

Se le permitió escuchar sus discursos, con permiso general, de una manera muy diferente a como lo hacía antes.

eorum contiones aliter ac antea permissum est

Por supuesto, ya no existían las animadas conversaciones de épocas anteriores.

Utique non erant iam vivida priorum temporum colloquia

Las conversaciones del pasado en las que Gregor siempre había pensado con cierta nostalgia en las pequeñas habitaciones del hotel.

colloquia praeteriti temporis quam Gregor in cellis parvis deversoriis cum aliquo desiderio semper cogitaverat

Los momentos en que tuvo que arrojarse cansado sobre las sábanas húmedas.

interdum, cum se in umida lecti defatigatis coniecit

Ahora estaba mayormente muy tranquilo.

Iam maxime quiete

El padre se quedó dormido en su sillón poco después de la cena.

Pater in conclavi suo mox post cenam obdormivit

La madre y la hermana se pidieron mutuamente que guardaran silencio.

mater et soror inter se hortabantur ut taceret

La madre, inclinada sobre la luz, cosía lino fino para una tienda de moda.

mater, innixa longe super lucem, insutum byssinum in modum reponunt

La hermana, que había conseguido un trabajo como vendedora, aprendió taquigrafía y francés por las tardes.

soror, quae officium venditabat, didicit notas notas et gallicas in vesperis

para que tal vez pudiera conseguir un mejor puesto de trabajo más adelante

ut fortasse meliorem officium positionem postea obtinere
posset

**A veces el padre se despertaba y, como si no supiera que
había estado durmiendo, le decía a su madre:**

Aliquando expergefactus pater, quasi nesciens se dormire,
matri suae dixit;

«¡Has estado cosiendo durante mucho tiempo hoy!»

» Tam diu hodie sutura fuisti!

**Y luego inmediatamente se quedó dormido otra vez,
mientras madre y hermana se sonreían cansadamente.**

et tunc statim iterum obdormivit, cum mater et soror riserint,
mutuo fesse

**Con una especie de terquedad, el padre se negó a quitarse el
uniforme de sirviente incluso en casa.**

Quadam pertinacia pater servum suum aequabilem etiam
domi auferre noluit

**Y mientras la bata colgaba inútilmente en el perchero, el
padre dormía completamente vestido en su lugar.**

et dum toga vestis inutiliter super tunicae hamo pependit,
pater in loco suo coopertus dormivit

**Como si siempre estuviera listo para su servicio y estuviera
esperando la voz de su superior.**

ac si semper ad militiam paratus esset, et vocem superioris
exspectaret

**Como resultado, el uniforme, que al principio no era nuevo,
perdió su limpieza a pesar de todos los cuidados de la madre
y la hermana.**

Quam ob rem, uniformis, quae ab initio non nova fuit,
munditiam suam quamvis omnem curam matris et sororis
amisit

**Y Gregor a menudo pasaba tardes enteras mirando ese
uniforme lleno de manchas y botones dorados.**

et Gregor totas vesperas persaepe spectabat hoc toto cruento,
auro uniformi

**Observó cómo el anciano dormía de forma incómoda pero en
paz.**

Aspiciebat incommodissime dormivit senex sed pacifice

Tan pronto como el reloj dio las diez, la madre intentó despertar al padre hablándole en voz baja.

Cum primum horologium decem percussit, mater patrem tacite dicendo excitare conatus est

Y luego lo convenció de irse a la cama.

et persuasit ei ut iret cubitum

Porque aquí no era un sueño real

quia hic non erat verus somnus

El padre, que tenía que empezar a trabajar a las seis, necesitaba realmente este sueño.

Pater, qui ante horam sextam opus incipere debebat, hoc somno opus erat

Pero en la terquedad que lo dominaba desde que se convirtió en sirviente, siempre insistía en quedarse más tiempo en la mesa.

Sed in contumacia, quae tenuerat eum servus factus est, semper institit diutius in mensa manere

Aunque regularmente se quedaba dormido y sólo se movía con gran dificultad.

quamquam assidue obdormivit ac tum aegerrime movit

Pero tuvo que darse cuenta de que debía cambiar la silla por la cama.

sed necesse erat ut pro lecto sellam mutaret

La madre y la hermana tuvieron que insistirle con pequeñas advertencias.

Mater et soror magnis monitis illi insistebant

Durante quince minutos sacudió lentamente la cabeza, mantuvo los ojos cerrados y no se levantó.

Ad quindecim minutas lente caput movit, oculos clausit et non ascendit

La madre le tiró de la manga y le susurró palabras halagadoras al oído.

Mater manica trahit blandis sermonibus in aurem

La hermana dejó su tarea para ayudar a su madre.

soror reliquit negotium ut adiuvet eam matrem

Pero eso no funcionó para el padre.

sed quod pater non operatur

Se hundió aún más en su silla.

In sellam suam altius descendit

Sólo cuando las mujeres lo agarraron por las axilas abrió los ojos.

Tantum cum feminae eum sub alis apprehenderunt , oculos eius aperuit

Miraba alternativamente a su madre y a su hermana y solía decir:

alterno aspexit matrem et sororem et solebat dicere;

¡Qué vida ésta! Ésta es la paz de mi vejez.

Quae vita est. Haec est pax senectutis meae.

Y apoyándose en las dos mujeres, se levantó torpemente.

Et recumbens duabus mulieribus, surgit inconcinne

Como si fuera la mayor carga para sí mismo.

ac si sibi maximum esset onus

y dejó que las mujeres lo guiaran hasta la puerta

et dimiserunt eum ad ianuam

Él les hizo un gesto para que se fueran y continuó por su cuenta.

elevans eos pergebat suo

Mientras la madre arrojó apresuradamente su kit de costura y la hermana su bolígrafo.

dum mater sutura ornamentum raptim deiecit et soror eius calamum

correr detrás del padre y ayudarlo más

currere post patrem et eum iuvare ulterius

¿Quién en esta familia sobrecargada de trabajo tenía tiempo para cuidar de Gregor?

Quis in hac familia Moguntina vacavit curam Gregor?

¿Era realmente necesario si ya todos estábamos cansados?

Itane opus erat, si omnes iam defecerunt?

El presupuesto se volvió cada vez más restringido

Quod budget magis magisque restricted

La criada finalmente fue despedida

ancilla tandem dimisit

Una enorme sirvienta huesuda con cabello blanco venía por la mañana y por la tarde para hacer el trabajo más duro.

ingens ancilla ossea cum capillis albis venit mane et vesperi ad faciendum opus durissimum

De todo lo demás se encargaba la madre además de su trabajo de costura.

omnia alia cura ab matre praeter sutura opus

Incluso ocurrió que se vendieron varias joyas familiares.

Accidit etiam ut variae familiae ornamenta venderentur

Joyas familiares que la madre y la hermana solían lucir con alegría durante los entretenimientos y celebraciones.

Ornamentum familiare, quo mater et soror laetis uti solebant in spectaculis et celebrationibus

Gregor aprendió esto por la tarde durante la discusión general.

Hoc vespere comperit Gregorius in generali discussione

La mayor queja, sin embargo, fue que uno no podía salir de este apartamento, que era demasiado grande para las condiciones actuales.

Maxima querela autem erat quod hoc conclave excedere non posset, quae condiciones hodiernae maior erat

Era impensable cómo Gregor podría ser reubicado.

Incogitabile erat quomodo Gregorius collocari posset

Pero Gregor se dio cuenta de que no era sólo la consideración hacia él lo que impedía un traslado.

Sed Gregor us intellexit non solum considerationem eius esse qui motum prohibuit

porque podría haber sido fácilmente transportado en una caja adecuada con algunos agujeros de aire

quia facile potuit cum paucis foraminibus aeris in idoneam capsulam transportari

Lo que principalmente impidió que la familia se mudara fue otra cosa.

Quod maxime impedit quominus familia moveatur aliud

Fue más bien la desesperanza total y la idea de que habían sido alcanzados por la desgracia.

sed totam spem magis adflictos calamitate existimabat

No querían admitir que habían sido alcanzados por la desgracia como nadie en todo su círculo de familiares y conocidos.

Noluerunt se fateri casu perculsos esse sicut in toto orbe propinquorum et notorum nemo.

Lo que el mundo exige de los pobres, ellos lo cumplen al máximo.

Quod mundus postulat a pauperibus, ipsi pro viribus adimplent

El padre fue a buscar el desayuno para el pequeño empleado de banco.

Pater sumpsit prandium parvam ripam clericus

La madre se sacrificó por la ropa de extraños.

mater se pro alienis lauandi immolavit

Su hermana corría de un lado a otro detrás del escritorio siguiendo los pedidos de los clientes.

Post mensam cucurrit et soror eius post iussus clientium

Pero la fuerza de la familia ya no era suficiente.

sed robur familiae satis non erat

Y entonces la herida en la espalda de Gregor empezó a doler como nueva.

Itaque vulnus in dorso Gregor sicut novum laedere coepit

Cuando la madre y la hermana, después de acostar a papá, regresaron

cum mater et soror, posito patre ad lectum, rediit

Cuando madre y hermana dejaron el trabajo y se mudaron más cerca

Cum mater et soror reliquit opus et propius unum

Cuando madre y hermana se sentaron mejilla con mejilla

Cum mater et soror sedit ad maxillam meam

Cuando la madre, señalando la habitación de Gregor, dijo: "Cierra la puerta, Grete".

cum mater cubiculum Gregor demonstrans dixit: "Claude ibi ostium, Grete";

Y cuando Gregor estaba de nuevo a oscuras, mientras las mujeres de la habitación de al lado mezclaban sus lágrimas

et cum iterum in tenebris Gregor, mulieres proximae ianuae
lacrimas suas miscuerunt
o cuando miraban la mesa sin llorar
aut cum starent sine clamor ad mensam
Gregor pasaba las noches y los días casi sin dormir.
Gregor noctes ac dies fere sine somno peregit
A veces pensaba en hacerse cargo de los asuntos familiares
de nuevo como lo había hecho antes.
Aliquando cogitavit de rebus familiaribus iterum accipiendis
sicut ante fecerat
En sus pensamientos el jefe y el representante autorizado
aparecieron nuevamente después de mucho tiempo.
Cogitationes eius bulla et repraesentativa authentica post
longum tempus apparuit
los oficinistas y los aprendices, el sirviente doméstico tan
torpe
de clericis et discipulis, domus tam stolidi servi
Dos o tres amigos de otros negocios.
duobus aut tribus amicis aliis negotiis
Una camarera de un hotel de provincias
cubicularius de hotel in provinciis
Un recuerdo querido y fugaz
carus, labilis memoria
Un cajero de una tienda de sombreros, para quien había
solicitado trabajo con seriedad pero con demasiada lentitud.
fiscus ex petaso taberna, cui serio sed tardius adhibuerat
Todos aparecieron mezclados con extraños o ya olvidados.
omnibus mixtis alienis vel iam oblitus
Pero en lugar de ayudarlo a él y a su familia, todos fueron
inaccesibles.
sed pro auxilio eius et familia omnes inaccessibiles erant
y se alegró cuando desaparecieron
et gavisus est cum non apparuisset
Pero entonces no estaba de humor para preocuparse por su
familia.
Sed tunc non erat in mente solliciti de familia sua
Sólo la ira por el mal mantenimiento lo llenaba.

tantum ira de sustentatione pauperis implevit eum

Y aunque no podía imaginar nada que le apeteciera, aun así hizo planes.

et quamvis ne suspicari quidem posset, quid habuisset appetitus, consilia tamen fecit

Planeó cómo entrar a la despensa.

cogitavit quomodo intrare in cellarium

tomar lo que merecía, incluso si no tenía hambre

accipere quod meruit, etiam si non esuriret

Cómo hacerle un favor especial a Gregor no fue pensado por mucho tiempo.

Facere Gregoram singularem gratiam non diu cogitabatur

Por la mañana, la enfermera empujó apresuradamente con el pie algo de comida a la habitación de Gregor.

Mane nutrix festinanter cibum in cubiculum Gregor cum suo pede impulit

Antes de ir a trabajar por la mañana y a la hora del almuerzo.

priusquam ad opus mane et lunchtime

Sin importar si la comida fue probada o no, ella regresó con un movimiento de la escoba.

sive gustasset cibum sive non, rediit unda scopae

Y en la mayoría de los casos la comida estaba completamente intacta.

et frequentissime cibus integer erat

Ordenar la habitación, cosa que ahora hacía todas las noches, no podría haberse hecho más rápido.

Cubiculum redigens, quod nunc singulis vesperis faciebat, fieri non potuit velocius

Rayas de suciedad corrían por las paredes.

Striae per parietes lutum

Aquí y allá había bolas de polvo y basura.

passim ponunt globi pulveris et rudera

Al principio, Gregor se posicionó en un ángulo particularmente significativo cuando llegó su hermana.

In primis, Gregor, cum sorore sua advenit, se in angulo singulari collocavit

para reprocharle esta posición

exprobrare ei hoc loco

Pero podría haber permanecido allí durante semanas sin que su hermana mejorara sus modales.

Sed ibi morari potuit per septimanas sine sorore sua emendando vias suas

Ella vio la suciedad igual que él.

vidit lutum sicut fecit

Pero ella simplemente había decidido dejar la tierra.

sed solum in terra discedere decreverat

Con una sensibilidad que era completamente nueva para ella y que había afectado a toda la familia, se encargó de que la limpieza de la habitación de Gregor quedara en sus manos.

Cum sensibilitate omnino nova ei et tota familia affecta erat, certior factus est emundationem cubiculi Gregorii sibi relictum esse.

Una vez, la madre de Gregor había hecho una limpieza a fondo de su habitación.

Olim, mater Gregorii cubiculum suum diligenter purgavit

Sólo después de usar unos cuantos baldes de agua lo logró.

post paucas hydrias aqua obtinuit

Sin embargo, la alta humedad también afectó a Gregor.

Sed etiam humiditas alta Gregor

y él yacía ancho, amargado e inmóvil en el sofá

et latum, amarum et immotum super lectum immisit

Pero el castigo no pasó desapercibido para la madre.

sed poena matris non latuit

La hermana apenas había notado el cambio en la habitación de Gregor cuando corrió a la sala de estar, extremadamente insultada.

Soror vix animadvertisset mutationem in cubiculo Gregor cum in conclave concurreret, valde insultabat

A pesar de las manos implorantes de su madre, estalló en lágrimas.

non obstante matris implorantis manus, in lacrimas prorupit

El padre, por supuesto, se sobresaltó y se levantó de su silla.

Pater de sella sane commotus est

Y al principio los padres estaban asombrados y simplemente miraban impotentes.

et primo stupuere parentes, mox inertem vigilarunt

Hasta que ellos también empezaron a moverse

donec etiam movere

El padre reprochó a la madre que no dejara la habitación de Gregor a su hermana para que la limpiara.

pater matri exprobravit quod cubiculum Gregorae sorori suae non purgaret

La hermana gritó que a la madre nunca más se le permitiría limpiar la habitación de Gregor.

soror exclamavit matrem nunquam denuo cubiculum gregi purgare

Mientras la madre intentaba arrastrar al padre, que estaba tan excitado que ya no se reconocía a sí mismo, al dormitorio.

cum mater patrem trahere conaretur, adeo concitatus est ut se iam in cubiculum non nosset

La hermana, sacudida por los sollozos, golpeó la mesa con sus pequeños puños.

soror, singultibus concussa, super mensam cum pugnis cellit

Y Gregor silbó en voz alta y enojado porque a nadie se le ocurrió cerrar la puerta.

et Gregoras in ira magna exsibilavit ne quis fores claudere putaret

Podrían haberle ahorrado esta vista y este ruido.

hoc visu strepituque pepercerunt

Pero incluso si la hermana se hubiera cansado de cuidar a Gregor como antes, la madre no habría tenido que intervenir en su lugar.

Sed etsi soror Gregoram ut solebat curare, mater ad eam ingredi non debuit.

Por mucho que la hermana estuviera agotada por su trabajo profesional, se había cansado de él.

quantum soror fessa in labore manuum suarum fatigata est

No se debía descuidar a Gregor

Gregorius non neglectus

Porque ahora estaba la camarera
Quia iam ibi erat ministra
Esta anciana viuda, que en su larga vida había sobrevivido a lo peor con la ayuda de su fuerte estructura ósea
Anicula haec vidua, quae in longa vita pessima superfuerat ope validi ossis structurae
Ella no sentía ninguna antipatía real por Gregor.
et nihil verum aversatio Gregor
Sin sentir ninguna curiosidad, accidentalmente abrió la puerta de la habitación de Gregor.
Sine curiosa omnino, fores cubiculi Gregorii aperuit
Completamente sorprendido, aunque nadie lo perseguía, comenzó a correr de un lado a otro.
Omnino admiratus, cum eum nemo persequeretur, discurrere coepit
Se quedó asombrada al ver a Gregor con las manos cruzadas sobre el regazo.
Obstupuit visu Gregor, manibus in sinu plicatis
Desde entonces, cada mañana y cada tarde, no dejaba de abrir un poco la puerta y mirar a Gregor.
Cum igitur, numquam destitit ianuam aliquantulum mane et vespere aperire et apud Gregor
Al principio ella también lo llamó, con palabras que probablemente pensó que eran amistosas.
Primo quoque eum nominavit, verbis quae verisimiliter amica esse arbitrabatur
»¡Ven aquí, viejo escarabajo pelotero!« o »¡Mira el viejo escarabajo pelotero!«
»Age huc, scarabaeorum stercus vetus!« vel »Aspice in stercus vetus scarabaeorum!«
Gregor no respondió a tales discursos con nada.
Gregor, talibus orationibus nihil respondit
En cambio, permaneció inmóvil en su lugar como si la puerta no se hubiera abierto en absoluto.
sed in loco suo immotus mansit ac si janua omnino non esset aperta

¡Ojalá a esta criada se le hubiera dado la orden de limpiar su habitación todos los días, en lugar de dejarla molestarlo inútilmente a su antojo!

Utinam haec ancilla data esset ut cubiculum suum cotidie purgaret, nec sineret ut inaniter eum turbaret!

Una mañana temprano una fuerte lluvia golpeó las ventanas.

Cum mane in mane pluvia magna et fenestras ledo

Tal vez ya era una señal de la llegada de la primavera.

fortasse iam erat signum futuri veris

Y la criada empezó de nuevo con sus dichos.

et iterum incepit puella cum dictis suis

Gregor estaba tan amargado que se volvió contra ella como para atacarla, aunque lenta y débilmente.

Gregor, adeo excanduit ut contra eam quasi lente et languide impetum faceret

La criada, sin embargo, en lugar de tener miedo, simplemente levantó una silla que estaba cerca de la puerta.

Puella autem non timens sellam quae prope ianuam erat sustulit

Y mientras estaba allí con la boca abierta, su intención era clara.

et, ut stetit ore aperto, patuit intentio

Ella sólo cerraría la boca cuando la silla en su mano golpeara la espalda de Gregor.

tantum se os clauderet cum sella in manu eius terga Gregor

«Entonces, ¿no podemos seguir adelante?», preguntó mientras Gregor se daba la vuelta nuevamente.

»Igitur ulterius ire non possumus?« Rogavit ut Gregorius iterum conversus?

Y silenciosamente volvió a poner la silla en la esquina.

et sellam retro in angulo quiete posuit

Gregor ya no comía casi nada.

Gregor nunc paene nihil comedit

Sólo cuando pasaba por la comida preparada se llevaba un bocado a la boca a modo de juego.

Solus cum forte praeteriret a cibo praeparato, morsum in ore posuit quasi ludus

Pero mantenía la comida en la boca durante horas y luego normalmente la escupía de nuevo.

cibum autem in ore servabat per horas et tunc fere iterum exspuit

Al principio pensó que era la tristeza por el estado de su habitación lo que le impedía comer.

Is primo tristitiam putavit de statu cubiculi sui, quod eum ab esu prohiberet

Pero pronto se adaptó a los cambios en la habitación.

sed mox mutatis in conclavi pactus est

La gente había adquirido el hábito de colocar en esta habitación cosas que no se podían guardar en otro lugar.

Solebant homines in hoc conclave collocandi quae alibi condi non poterant

Y ahora había muchas cosas así.

et multa iam talia erant

porque una habitación del apartamento había sido alquilada a tres compañeros de piso

quia una camera conclavis ad tres roommates conducta fuerat

Estos señores serios (los tres tenían barba poblada, como Gregor notó una vez a través de una rendija en la puerta) eran meticulosos con el orden.

Hi graves homines - omnes tres barbas plenas habebant, ut Gregorius olim per rimam ianuae animadvertit - scrupulosae erant de ordine.

Eran escrupulosos en mantener el orden no sólo en su habitación.

Solliciti erant de custodiendis rebus luculentam non solum in eorum cella

Pero fueron meticulosos con la limpieza en todo el apartamento, especialmente en la cocina.

sed curiosi erant circa munditiam per diaetam, praecipue in culina

ya que habían alquilado una habitación aquí

quoniam conduxerat hic

No soportaban las cosas inútiles o incluso sucias.

Possent stare inutiles aut etiam sordida effercio

Además, la mayoría de ellos habían traído consigo sus propios muebles.

Plerique praeterea supellectilem suam secum attulerant

Por esta razón, muchas cosas se habían vuelto superfluas.

Qua de causa multa superflua facta sunt

Cosas que no se podían vender, pero que no se querían tirar

Quae vendi non poterant, sed abicere noluisti

Todas estas cosas entraron en la habitación de Gregor.

Haec omnia in cubiculum Gregor

El cajón de cenizas y el cajón de basura de la cocina también fueron llevados a su habitación.

Cinis et arca purgamentorum e coquina etiam in cubiculum suum deferebant

Todo lo que no servía en ese momento lo arrojaba simplemente a la habitación de Gregor la criada, que siempre tenía prisa.

Quidquid ad tempus inutile erat, ab ancilla quae semper festinabat in cubiculum Gregorii abiciebatur.

Afortunadamente, Gregor solo vio en su mayor parte el objeto en cuestión y la mano que sostenía el objeto.

Fortunate, Gregor, plerumque solum obiectum quaestionis vidit et manum quae rem tenebat

Es posible que la criada tuviera la intención de recuperar los artículos cuando tuviera tiempo y oportunidad.

Ancilla in animo habuit res recuperare cum tempus ac tempus haberet

o tal vez quería tirarlos a todos a la vez

vel forte voluit omnes simul proicere

De hecho, todo permaneció donde había estado después del primer lanzamiento.

Omnia enim manserunt ubi fuerat prima iactus

Si Gregor no se hubiera escabullido entre la basura y la hubiera movido

si Gregor per junk non obtenderet et commotus est

Al principio se vio obligado a hacerlo porque no había otro espacio para arrastrarse.

Primo coactus est facere quod spatium non erat repere

Pero luego lo hizo con creciente placer.

sed postea cum ingravescentibus voluptatibus id fecit

Aunque después de tales paseos, cansado y mortalmente entristecido, no se movía durante horas.

quamvis post tales ambulationes fessus et funestus contristetur per horas non moto

Como los inquilinos a veces cenaban en casa, en la sala de estar común, la puerta de la sala permanecía cerrada algunas noches.

Cum inquilini interdum in communi conclavi domi cenam haberent, ianua exedra quibusdam vesperis clausa manebat

Pero Gregor se abstuvo fácilmente de abrir la puerta.

sed Gregor, fores aperiendo facile abstinuit

Ya no había aprovechado muchas tardes en las que la puerta estaba abierta.

iam multis vesperis apertis ianuam non circumdederat

Sin que la familia se diera cuenta, él yacía en el rincón más oscuro de su habitación.

Sine familia animadvertisset, se in cubiculi sui angulo obscurissimo iacuisset

Pero una vez que la criada dejó la puerta de la sala de estar ligeramente abierta

Sed statim ancilla ianuam exedra reliquerat leviter aperta

y la puerta permaneció abierta, incluso cuando los huéspedes entraron por la tarde y se encendió la luz.

et aperta manebat ianua, etiam vespere inquilinos intrante et lux conversa est

Se sentaron a la mesa donde antes se habían sentado padre, madre y Gregor.

Sederunt ad mensam in qua pater, mater et Gregor superioribus temporibus consederant

Desplegaron las servilletas y tomaron cuchillos y tenedores en sus manos.

Explicaverunt sudaria et cultros et furcas in manibus acceperunt

Inmediatamente la madre apareció en la puerta con un cuenco de carne.

Statim mater in ostio apparuit cum patera carnium

Y justo detrás de la madre apareció la hermana con un cuenco de patatas apiladas en gran cantidad.

et mox post matrem soror apparuit cum patera potatoris altae congesta

La comida se cocía al vapor con mucho humo.

Cibus vapore gravi fumo

Los huéspedes se inclinaban sobre los cuencos colocados frente a ellos como si quisieran comprobar si la comida debía devolverse a la cocina antes de comer.

Inquilini super phialas antepositas antepositas incurvaverunt quasi inhibere vellent num cibus ad coquinam ante edendum remitteretur.

Y el que estaba sentado en el medio, y parecía tener autoridad sobre los otros dos, cortó un trozo de carne.

et quidem qui medius sedit et videbatur esse auctoritati duorum carnium

Aparentemente para determinar si la carne estaba lo suficientemente tierna.

videtur utrum cibus tener fuerit

Estaba satisfecho con el olor y el aspecto de la comida.

Et saturatus est quomodo cibus odoratus et aspexit

Y madre y hermana, que habían estado observando con emoción, comenzaron a sonreír con un suspiro de alivio.

et mater et soror, quae cum trepidatione aspicerent, gemitu subsidii ridere coeperunt

La propia familia comía en la cocina.

Familia ipsa in culina comedit

Sin embargo, antes de entrar en la cocina, el padre entró en esta habitación.

Priusquam tamen in culinam introiret, pater in hoc cubiculum venit

y con una sola reverencia, gorra en mano, hizo un circuito alrededor de la mesa.

et cum uno arcu, manu pileo, circum mensam fecit

Todos los inquilinos se pusieron de pie y murmuraron algo entre sus barbas.

Inquilini omnes stabant et in barbam aliquid mussabant
Cuando estaban solos, comían en un silencio casi absoluto.
Cum soli essent, paene totum silentium ederunt
A Gregor le pareció extraño que, entre todos los ruidos de la comida, siempre se pudiera oír el masticar de los dientes.
Mirum visum Gregorae quod, inter omnes varios edendi strepitus, semper eam manducationem dentium audire posset
Como si esto tuviera como objetivo mostrarle a Gregor que se necesitan dientes para comer.
quasi hoc significatum esset ostendere Gregorium dentes ad edendum opus esse
y como si ni siquiera las más bellas mandíbulas desdentadas pudieran hacer nada
et quasi non posset facere aliquid etiam pulcherrimum edentulum fauces
Tengo hambre, dijo Gregor preocupado.
Esurio, inquit Greg
»Pero mi apetito no es para estas cosas«
sed appetitus meus non est ad haec.
"¡Cómo se alimentan estos señores, y yo perezco!"
"Quomodo se isti pascunt, et pereo!"
Justo esa noche se escuchó un ruido desde la cocina.
Sicut vespere sonus e culina
Gregor no recordaba haber oído el violín en todo el tiempo.
Gregor, toto tempore violinam audientem non recordatus est
Los caballeros ya habían terminado su cena.
Iam peractum cenae iudices
El caballero del medio había sacado un periódico.
media virum extraxerat diurna
Les había dado a los otros dos caballeros una hoja a cada uno.
Dederat aliis duobus linteum unumquodque
Y ahora estaban recostados leyendo y fumando.
et nunc incumbebant et legebant et fumantes
Cuando el violín empezó a tocar, se pusieron atentos.
Cum violina ludere incepit, attenti sunt

Se levantaron y caminaron de puntillas hasta la puerta de la antesala, donde permanecieron acurrucados juntos.

Surrexerunt et ambulaverunt in capite usque ad ianuam ante cubiculi, ubi steterunt conglobati

Debieron haberlos oído desde la cocina, porque el padre gritó:

Eis e culina audire debent, quia pater clamabat;

¿Acaso el violín resulta incómodo para los caballeros? Se puede parar de tocar de inmediato.

Estne violina viris fortasse incommoditas? Potest statim sistitur.

Por el contrario, dijo el medio de los caballeros.

Sed contra, dixit medium

¿A la señorita no le gustaría venir a jugar a nuestra habitación?

Annon puella intret et in nostro cubiculo luderet?

«Definitivamente es mucho más cómodo y acogedor aquí«

»Certe multo commodius ac fovere hic«

Oh, por favor, gritó el padre, como si fuera el violinista.

Obsecro, inquit pater, ac si violator

Los caballeros regresaron a la habitación y esperaron.

Nobiles ad cubiculum reversi sunt et expectaverunt

Al poco rato llegó el padre con el atril, la madre con la música y la hermana con el violín.

Mox venit pater cum musica, mater cum musica et soror cum violino

La hermana preparó todo con calma para tocar el violín.

Soror placide omnia parat ad violinum

Los padres exageraron su cortesía hacia sus inquilinos.

parentes augebant civilitatem erga tenentes

Porque nunca habían alquilado habitaciones antes

quia numquam ante cella locantur

y no se atrevieron a sentarse en sus propias sillas

et non audent sedere suis sellis

El padre se apoyó contra la puerta, con la mano derecha entre dos botones de su librea cerrada.

pater super ianuam recumbens, dextra manu inter duas
globulis ancillis clausam traditam
**Sin embargo, un caballero le ofreció una silla a la madre y se
sentó.**
Mater vero a viro nobili sella offerebatur et sedit
**Desde que dejó la silla donde el caballero la había colocado
accidentalmente, se sentó apartada en un rincón.**
Cum sellam relinqueret, ubi vir fortuito eam collocaverat, in
angulo sedit seorsum
La hermana empezó a tocar el violín.
Soror coepi ludere vitae
**El padre y la madre observaban atentamente los
movimientos de sus manos.**
Pater et mater motus manuum suarum diligenter observabant
**Gregor, atraído por la interpretación del violín, se había
aventurado un poco más.**
Gregor, pulsatione violinae attractus, paulo ulterius ausus est
y ya estaba con la cabeza en la sala
et iam erat cum capite in exedra
**No le sorprendió en absoluto haber mostrado tan poca
consideración hacia los demás últimamente.**
Vix admiratus est eum tam exiguam sibi aliorum recentem
considerationem habuisse
**Esta consideración hacia los demás había sido anteriormente
su orgullo.**
Haec ratio aliis antea superbia eius fuit
Y ahora habría tenido más motivos para esconderse.
Et plus habuisset causam celandi nunc
**Debido al polvo que había por todas partes en su habitación
y que volaba con el más mínimo movimiento, él también
estaba completamente cubierto de polvo.**
nam pulvis, qui ubique in cubiculo suo erat, levi motu
circumvolabat, ipse etiam pulvere undique coopertus erat
**Llevaba hilos, cabellos y restos de comida en la espalda y los
costados.**
Fila, crines, victum in tergo et lateribus portabat

Su indiferencia hacia todo era demasiado grande para que pudiera tumbarse boca arriba y frotarse contra la alfombra, como solía hacer varias veces al día.

omniaque eius neglegi maior erat quam ut supinus et terebat in tapete, sicut saepius in die faciebat.

Y a pesar de esta condición, no tuvo miedo de avanzar un poco sobre el inmaculado piso de la sala.

Et non obstante hac condicione, non timuit aliquantulum progredi in area immaculata exedrae

Sin embargo, nadie le prestó atención.

Nemo tamen ei aliquid attendit

La familia estaba completamente ocupada tocando el violín.

Familia occupata erat cum violina ludentibus

Los caballeros, por el contrario, inicialmente se retiraron a la ventana con las manos en los bolsillos.

indices autem initio manibus in loculos se ad fenestram recipiunt

Continuaron sus conversaciones en voz baja y con la cabeza gacha.

colloquia submissa demisso capite continuabant

demasiado cerca detrás del atril de música de la hermana

multo etiam prope post sororis musicae sto-

para que pudiera ver todas las notas musicales, lo que debe haber perturbado a su hermana.

ut omnes notas musicas, quas sorori perturbare debet, videri posset

Observados con preocupación por su padre, permanecieron allí.

a patre suo custodientes, ibi manserunt

Realmente parecía como si hubieran quedado decepcionados en sus expectativas de escuchar una interpretación de violín hermosa y entretenida.

Vere videbantur quasi frustrati sunt in exspectatione auditus pulchrae vel delectationis violinae ludentis.

Uno hubiera pensado que todos estaban hartos de toda la actuación.

putares omnes saturi totis rebus

Y parecía como si sólo por cortesía se permitieran ser molestados.

videbaturque id solum urbanitate commoveri

Especialmente la forma en que todos soplaban el humo de sus cigarros al aire desde sus narices y bocas sugería un gran nerviosismo.

Imprimis omnes fumum e suis siglis in aerem efflabant ex naribus et oribus magnam trepidationem suggesserunt.

Y aún así la hermana tocó tan hermosamente.

Soror tamen tam pulchre lusit

Su rostro estaba inclinado hacia un lado, sus ojos buscaban y seguían tristemente las líneas musicales.

Facies eius lateri iugo, oculi eius quaerentes et tristes lineas musicae sequentes

Gregor se arrastró un poco más hacia adelante.

Gregor paulo longius prorepit

y mantuvo su cabeza cerca del suelo

et tenebat caput ad terram

para posiblemente encontrar su mirada

fortasse ad conspectum suum

¿Era realmente un animal, a pesar de que la música lo conmovía tanto?

Eratne vere animal? Quamvis musica tantum eum movit?

Sintió como si se le mostrara un camino hacia la nutrición anhelada.

Sensit, ut sibi demonstraretur iter optatae nutricationis

Estaba decidido a llegar hasta su hermana.

Volebat pervenire ad sororem

Quería tirar de su falda y así indicarle que podía entrar a su habitación con su violín.

Vellere in alam eius trahere et inde ei indicare se in cubiculum suum venire cum violino suo

Porque aquí nadie la recompensaba por tocar el violín como él quería.

quia nemo hic suam mercedem violini modo suam remunerari voluit

Ya no quería dejarla salir de su habitación, al menos no mientras viviera.

Noluit amplius dimittere e cubiculo, saltem non quamdiu vixit

Su aterradora figura le sería útil por primera vez.

eius formidolosa figura primum ei usui fuit

Quería estar en todas las puertas de su habitación al mismo tiempo y silbar a los atacantes.

Fores cubiculi sui omnino esse voluit simul ac sibilare oppugnatores

La hermana no debe quedarse con él obligadamente, sino voluntariamente.

Soror autem secum coactus manere non debet, sed voluntarie

Ella debería sentarse a su lado en el sofá, inclinando su oreja hacia él.

iuxta eum in stibadium sedeat, aurem ad se inclinans

y quería confiarle que tenía la firme intención de enviarla a la escuela de música.

et in ea confidere voluit se firmam intentionem suam ad scholam musicam mittendam

Se lo habría contado a todo el mundo esta pasada Navidad si el accidente no hubiera intervenido.

dixisset omnibus hanc novissimam Nativitatem Domini, nisi casus intercessisset

Lo habría dicho sin preocuparse por ninguna objeción.

dixisset enim sine sollicitudine aliquas objectiones

La Navidad ya había pasado ¿no?

Nativitas iam peracta erat, annon?

Tras esta explicación, la hermana estallaría en lágrimas de emoción.

His expositis, soror lacrimis prorumpebat animi

y Gregor se acercaba a su axila y le besaba el cuello

et Gregor assurgeret ad alam suam et oscularetur collum eius

El cuello que llevaba libremente sin cinta ni collar desde que consiguió un trabajo.

collum, quod gratis sine vitta vel torque gerebat, ex quo officium obtinuit

-¡Señor Samsa! -gritó el intermediario a su padre.

» Dominus. Samsa!« homo medius ad patrem suum vocavit

Y, sin decir una palabra más, señaló con el dedo índice a Gregor, que avanzaba lentamente.

ostenditque, sine alia voce, indice digito apud Gregorium, lente incedendo.

El violín se quedó en silencio

In vitae conticuerunt

El compañero de habitación del medio sonrió y negó con la cabeza a sus amigos.

Medius contubernalis risit et ad suos caput quassavit

Y luego volvió a mirar a Gregor.

et tunc respexit ad Gregorium

Al padre le pareció que era más necesario calmar a los caballeros que ahuyentar a Gregor.

Pater magis necessarium visum est ut cives mitesceret loco Gregoram ejiceret.

Aunque no estaban en absoluto entusiasmados y Gregor parecía entretenerlos más que el violín.

tametsi minime excitata sunt, et Gregorius eos plus quam ludentes phialas oblectare videbatur

Corrió hacia ellos y trató de empujarlos hacia su habitación con los brazos extendidos.

ad eos ruens porrectis in cubiculum detrudere conatus est

y al mismo tiempo trató de usar su cuerpo para bloquear la visión de Gregor.

eodemque tempore uti corpore suo obsistere conati sunt

En realidad se enojaron un poco.

Immo factus est paulo iratus

Nadie sabía exactamente por qué estaban enojados

nemo sciebat quidnam illi irascerentur

La conducta del padre podría haber sido una razón para el estado de ánimo de los caballeros.

morum pater potuit esse ratio pro modo nobilium

Pero podrían haber estado igual de enojados porque recién ahora se enteraron del tipo de compañero de cuarto que tenían.

sed non minus irati fuisse potuerunt, quod nunc tantum
didicerunt qualem contubernalis habuerint

**Exigieron explicaciones a su padre y se tiraron inquietos de
la barba.**

Explica- runt a patre, et implacabile barbam trahit

y se retiraron lentamente hacia su habitación.

et paulatim sese ad cubiculum suum

**Mientras tanto, la hermana había superado la sensación de
estar perdida después de que su interpretación del violín se
interrumpiera repentinamente.**

Interim intermissam subito violinam amissam sororem vicerat
affectum.

De repente ella se había recuperado.

quae subito se simul

**pero sólo después de haber sostenido el violín y el arco en
sus manos colgando casualmente por un rato**

sed solum postquam violinam et arcum in ea casualiter
manibus aliquandiu pendentibus tenuerat

**y ella siguió mirando las notas musicales como si todavía
estuviera tocando**

et pergit ad notas musicas spectare quasi adhuc ludens

Ella había colocado el instrumento en el regazo de su madre.

quae posuerat instrumentum in matris gremio

**La madre que todavía estaba sentada en su silla con
dificultades para respirar y con los pulmones trabajando
pesadamente.**

mater adhuc sedens in sella cum difficultatibus respirantibus
et pulmonibus graviter laborantibus

**Y ella había corrido a la habitación contigua, a la que los
caballeros ya se acercaban más rápidamente bajo la
insistencia de su padre.**

et cucurrerat in proximum cubiculum, quod cives hortatu
patris iam citius appropinquabant

**Se podía ver cómo, bajo las hábiles manos de la hermana, las
mantas y los cojines de las camas volaban por los aires y se
acomodaban.**

Videri quidem potest quomodo sub perita sororis manu stragula et pulvinaria in lecticulis volitabant in aerem et se componebant.

Antes de que los caballeros llegaran a la habitación, ella había terminado de hacer la cama y se había escabullido.

Priusquam homines etiam ad cubiculum pervenissent, lecto conlocato et elapsa sunt

El padre parecía estar tan absorto en su propia terquedad que olvidó todo el respeto que debía a sus inquilinos.

Pater a sua pertinacia ita captus est ut oblitus honoris sui haberetur

Él simplemente empujó y empujó hasta que el caballero de en medio golpeó estruendosamente con el pie la puerta de la habitación.

Ille tantum impulit et impulit usque ad medium procerum ostio cubiculi pedem suum impressit.

Y con ello detuvo al padre.

et per hoc ad patrem haesit

«Por la presente declaro», comenzó.

» In hoc profiteor, « coepit

y levantó la mano y miró a su madre y a su hermana.

et levavit manum suam et vidit matrem et sororem suam

»En vista de las condiciones repugnantes que prevalecen en este apartamento y familia, doy aviso para desocupar mi habitación«

»Quae foedae conditiones in hac aedium ac familia vigentium intuitu, denuntiamus ut cubiculum meum relinqueremus«.

Decidió escupir en el suelo.

Constituit super terram conspuere

»Por supuesto que no pagaré nada por los días que viví aquí«

» Certe nihil solvam pro diebus quibus hic vixi ».

»Sin embargo, consideraré si haré alguna exigencia contra usted«

ego tamen deliberabo utrum quidnam contra te faciam postulaturum.

»Y créanme, tales exigencias serán muy fáciles de justificar«

» et mihi crede, huiusmodi postulationes facillime erunt iustificandi.

Estaba en silencio y miraba hacia delante como si estuviera esperando algo.

ipse tacebat et protinus quasi aliquid expectabat

De hecho, sus dos amigos inmediatamente tuvieron la misma idea.

Nam duo amici statim eandem sententiam habuerunt

»También cancelaremos nuestras habitaciones de inmediato«

» Etiam cameras nostras statim destruimus ».

Luego agarró la manija de la puerta y la cerró de golpe.

Tunc ansam apprehendit ostium et clausit ostium cum crepitu

El padre se tambaleó hasta su silla con manos a tientas y se dejó caer en ella.

Pater titubavit ad sellam suam manibus manibus et ipse in eam incidit

Parecía como si se estuviera estirando para su siesta vespertina habitual.

Videbatur si tendebat solito vesperi conquiescamus

Pero el fuerte movimiento de su cabeza, como si no tuviera apoyo, mostraba que no dormía en absoluto.

caput autem validum nutans, quasi sine adminiculo, ostendit se omnino non dormire

Gregor había permanecido tumbado tranquilamente en la plaza todo el tiempo.

iacebat Gregor in quadrato toto tempore

El lugar donde los caballeros lo habían atrapado.

locum ubi nobiles prehendi

Le resultó imposible moverse

et invenit eam posse movere

Quizás por la decepción por el fracaso de su plan.

forte propter defectum consilii sui

o quizás por la debilidad que le produce el hambre prolongada

vel forte propter infirmitatem longam famem

Temía con cierta certeza que se desatara sobre él un colapso general.

Pro certo metuit ruinam generalem in eum fore

Y con esta expectativa esperó

atque ea spe expectavit

Ni siquiera el violín lo sobresaltó.

Ne violinum quidem eum excitaverunt

el violín que cayó de los dedos temblorosos de su madre, de su regazo

violina, quae cecidere tremulis digitis matris, a gremio suo

Con un sonido resonante el violín cayó al suelo

cum sonoro Missa cecidit in terram

«Queridos padres», dijo la hermana.

» Dilecti parentes, » dixit soror

Y dio una palmada en la mesa para empezar.

et percussit manum suam super mensam ut inciperet

«Esto no puede continuar«

» Hoc non potest permanere«

"Si tú no lo ves, yo sí lo veo"

"Si non vides, ego facio."

"No pronunciaré el nombre de mi hermano delante de este monstruo"

"Non loquar nomen fratris mei ante hoc monstrum"

»Por eso lo digo: tenemos que intentar deshacernos de este animal«

» Ideo modo dico: hoc animal repellere debemus.

Hemos intentado, en la medida de lo humanamente posible, cuidar y tolerar a este animal.

Hoc animal curare ac tolerare quam plurimum posse conati sumus

«No creo que nadie pueda culparnos en lo más mínimo».

Non puto quemquam posse nos vel levissime reprehendere.

«Tiene mil veces razón», se dijo el padre.

« Recta est millies », dixit pater in se

La madre todavía no podía encontrar suficiente aliento.

Mater satis adhuc spiritum invenire non potuit

Ella empezó a toser sordamente en su mano con una expresión de locura en sus ojos.

coepit graviter tussire in manum cum insano vultu

La hermana corrió hacia su madre y le agarró la frente.

Soror ad matrem cucurrit et frontem tenuit

Las palabras de la hermana parecieron haber llevado al padre a pensamientos más definidos.

Pater ad graviora verba sororis cogitationes allatus esse videbatur

Se había sentado erguido y estaba jugando con su gorra de sirviente entre los platos.

sedit rectus ac ludit cum pileo servi sui inter laminas

Los platos que todavía estaban en la mesa de la cena del inquilino.

Eæ adhuc in mensa e cœna tenentis

Y a veces miraba al silencioso Gregor.

et interdum tacitum intuens Gregor

«Tenemos que intentar deshacernos de él», dijo la hermana exclusivamente al padre.

Soror vero ad patrem solum dixit

porque la madre no oía nada al toser

quia nihil in tussis mater audivit

Os matará a ambos, lo veo venir.

Utrumque te necabo, videre possum venire

Si tienes que trabajar tan duro como todos nosotros, no podrás soportar esta tortura constante en casa.

Si laborandum est sicut omnes, non potes perpeti hoc tormentum domi perpeti.

«Yo tampoco puedo más»

» Non possum amplius facere vel «

Y estalló en lágrimas tan violentamente que sus lágrimas corrieron sobre el rostro de su madre.

Et ita vehementer in lacrimas prorupit, ut in faciem matris lachrymae defluerent

Lágrimas que se secó con movimientos mecánicos de las manos.

lacrimis abstersit motus mechanica manu

Niño, dijo el padre con compasión y con sorprendente comprensión.

Fili, dixit pater misericors et intelligens

«Pero ¿qué debemos hacer?»

sed quid faciemus?

La hermana simplemente se encogió de hombros en señal de impotencia.

Soror modo humeros in signum imbecillitatis

La impotencia ahora se apoderó de ella mientras lloraba, en contraste con su confianza anterior.

inopiam nunc lacrimantis adprehendit, contraque priorem confidentiam

Si nos entendiera, dijo el padre medio interrogante.

Si modo nos intelligeret, dixit pater dimidium percunctanter

La hermana sacudió su mano violentamente mientras lloraba.

soror movit manum vehementer dum clamat

Para señalar que no se debe pensar en esto

significat hoc non esse cogitandum

Si tan sólo nos entendiera, repetía el padre.

si modo nos intelligeret, iteravit pater

Y cerrando los ojos aceptó la convicción de su hermana de que eso era imposible.

et occlusis oculis persuasit sororis id fieri posse

»Entonces quizás sería posible un acuerdo con él«

tunc fortasse cum eo conveniri posset.

»Pero así como están las cosas...«

» Sed ut est... »

«Tiene que irse», gritó la hermana.

», eundum est, "clamavit soror"

«Esa es la única solución, padre«

» Haec sola solutio est, pater ».

Sólo hay que intentar deshacerse del pensamiento de que es Gregor.

Tu modo conari cogitationem tollendam esse Gregor

"El hecho de que lo hayamos creído durante tanto tiempo es nuestra verdadera desgracia".

"Quod nos tamdiu credidimus, nostra est vera calamitas."

»¿Pero cómo puede ser Gregorio?»

» Sed quomodo potest fieri Gregor?

Si fuera Gregor, se habría dado cuenta hace mucho tiempo.

Si Gregor, olim agnovisset

»La coexistencia del hombre con un animal así no es posible«

»coexistere hominum cum tali animali non potest«

»y se hubiera ido voluntariamente«

et voluntarie reliquisset.

"Entonces no tendríamos hermano, pero podríamos seguir viviendo y honrando su memoria".

"Nolumus ergo habere fratrem, sed possemus vivere et honorare memoriam eius."

"Pero esta bestia nos persigue y ahuyenta a nuestros labradores".

"At nos haec bellua persequitur et colonos fugat."

»Es evidente que quiere apoderarse de todo el apartamento y hacernos dormir en la calle«

» plane vult totam diaetam occupare et in platea nos facere dormire ».

Mira, padre, gritó de repente, "¡está empezando de nuevo!"

Ecce, pater, subito exclamavit, "Incipit iterum!"

Y en un horror que Gregor no podía comprender, su hermana incluso abandonó a su madre.

Horroremque ne Gregor intellegere posset, sororem etiam matrem reliquit

Ella literalmente se apartó de su silla como si quisiera sacrificar a su madre.

ad litteram a sella se impulit ut si vellet matrem immolare

Mejor eso que quedarse cerca de Gregor

melius quam moratur apud Gregorium

Y corrió detrás de su padre, quien, simplemente agitado por su comportamiento, también se puso de pie.

et ruit post patrem;

y levantó a medias los brazos, como para proteger a su hermana.

et quasi sororis tuendae partem bracchia extulit

Pero Gregor nunca pensó en intentar asustar a nadie, especialmente a su hermana.

Sed Gregorius numquam cogitavit aliquem terrere, praesertim sororem suam

Apenas había empezado a darse la vuelta para regresar a su habitación.

Nuper incepit se circumire ut reverteretur ad cubiculum suum

Pero debido a su condición de sufrimiento, tuvo que usar su cabeza para ayudarse con los giros difíciles.

sed propter eius condicionem patientem, caput suum ad difficilibus vicibus adiuvandum habuit

Las piernas que levantó muchas veces y golpeó el suelo.

crura, quae pluries sustulit et terram percussit

Hizo una pausa y miró a su alrededor.

Constitit et circumspexit

Su buena intención parecía haber sido reconocida.

Eius bona intentio videbatur esse agnita

Fue solo un shock momentáneo

non solum momentaneum inpulsa

Ahora todos lo miraban en silencio y con tristeza.

Nunc omnes tacite et miserabile eum intuebantur

La madre yacía en su sillón, con las piernas estiradas y apretadas, los ojos casi cerrados por el cansancio.

Mater in thalamo iacebat, extenta et pressa crura, oculos prope ab lassitudine occlusos

El padre y la hermana estaban sentados uno al lado del otro, la hermana había puesto su mano alrededor del cuello del padre.

pater et soror iuxta se sedebant, soror in collo patris manum posuerat

«Quizás ahora pueda darme la vuelta», pensó Gregor y reanudó su trabajo.

"Iam fortasse circumagi" putavit Gregorius et opus suum iterum incepit

No pudo reprimir el jadeo de esfuerzo.

anhelationem laboris supprimere non potuit

y también tuvo que descansar aquí y allá
et hic et illic quiescere debuit
Además, nadie lo instó.
Nemo autem eum hortatus est
Todo quedó en sus manos
totum relictum est
Cuando hubo completado el giro, inmediatamente comenzó a caminar en línea recta hacia atrás.
Quo mutato, statim retro incedere coepit
Se sorprendió de la gran distancia que lo separaba de su habitación.
Mirabatur de longinquo quod eum a cubiculo suo separabat
y no comprendía cómo, en su debilidad, había recorrido recientemente el mismo camino casi sin darse cuenta.
et nesciebat quomodo in sua infirmitate nuper eandem viam fere non adverteret
Siempre decidido a gatear rápidamente, apenas prestaba atención al hecho de que ninguna palabra, ninguna exclamación de su familia lo perturbaba.
Semper celeriter reptando intentus, vix quicquam rei agebat ut nulla vox, nulla vox familiae eum perturbaret
Sólo cuando ya estaba en la puerta giró la cabeza, pero no del todo.
Solum cum iam esset in foribus, vertit caput, sed non ex toto
porque sintió que se le ponía rígido el cuello
quia sensit cervicem suam
Al menos vio que nada había cambiado detrás de él, solo la hermana se había puesto de pie.
certe nihil post se mutasse videbat, nisi stetisset soror
Su última mirada fue hacia su madre, que ahora estaba completamente dormida.
Ultimus aspectus eius ad matrem iam omnino dormiebat
Tan pronto como estuvo dentro de su habitación, la puerta fue cerrada apresuradamente, con pestillo y llave.
Ut primum in cubiculo suo fuit, ostium raptim clausum, obseratum et clausum fuit

Gregor se asustó tanto por el ruido repentino detrás de él que sus piernas se doblaron.

Gregor, repentino post se strepitu adeo exterruit ut crura ejus ense

Fue la hermana quien corrió hacia la puerta.

Soror erat quae ad ianuam cucurrit

Ella ya estaba allí parada y esperando.

Stabat iam illa erecta et expectabat

Luego saltó hacia adelante ligeramente.

Illa igitur leviter exilivit

Gregor ni siquiera la había oído venir.

Gregor us nedum eius adventum audiverat

Y "¡Por fin!", gritó a sus padres mientras giraba la llave en la cerradura.

et "Denique!" vocavit ad parentes ut clavem in seram convertit

«¿Y ahora?», se preguntó Gregor y miró a su alrededor en la oscuridad.

»Et nunc?« Gregor se interrogabat et in tenebris circumspexit

Pronto descubrió que ya no podía moverse en absoluto.

Postea reperit se amplius movere

No se sorprendió

Non est mirum

Más bien, le parecía antinatural que hasta ahora hubiera podido moverse con esas delgadas patitas.

sed innaturale ei videbatur quod cum tenuibus istis cruribus usque nunc movere potuisset

Por lo demás se sentía relativamente cómodo.

Alioquin sensit comfortable

Aunque tenía dolor en todo el cuerpo, sentía como si poco a poco se debilitara cada vez más y finalmente desapareciera por completo.

Etsi in toto corpore dolorem habuit, quasi sensim debiliorem ac debiliorem esse sensit ac tandem penitus evanesceret

Apenas sentía la manzana podrida en su espalda y la zona inflamada, que estaba completamente cubierta de polvo suave.

Vix malum putridum in dorso suo sensit, et aream
inflammatam, quae molli pulvere undique cooperta erat.
Recordó a su familia con emoción y amor.
Recogitabat ad familiam suam permotionem et amorem
**Su opinión de que debía desaparecer fue quizás incluso más
decisiva que la de su hermana.**
quod evanesceret , firmior fortasse quam sororis fuit
**Permaneció en este estado de contemplación vacía y pacífica
hasta que el reloj de la torre dio las tres de la mañana.**
Mansit in hoc statu vanae et quietae contemplationis usque ad
horologium turrim tres de mane percussit.
**No experimentó el comienzo del aclaramiento general fuera
de la ventana.**
Principium generalis illustrationis extra fenestram non
expertus est
**Entonces su cabeza se hundió completamente sin su
voluntad, y su último aliento fluyó débilmente de sus fosas
nasales.**
Tum caput exanimis funditus omne recumbit, Extremusque
sinus e naribus efflabat
**Cuando la criada llegó temprano por la mañana, no encontró
nada inusual durante su habitual visita corta a Gregor.**
Cum ancilla mane mane venit, nihil insolens invenit in suo
consueto brevi ad Gregor
**Por pura fuerza y prisa, cerró todas las puertas con tanta
fuerza que no fue posible dormir tranquilo en todo el
apartamento.**
Praerumpentibus viribus et festinatione omnia fores adeo
durus impulit ut nullus quietus in tota conclavi posset somnus
A pesar de que se me pidió evitar esto
non obstante rogatus hoc vitare
**Ella pensó que él estaba allí acostado tan inmóvil a
propósito y que estaba jugando a ser la parte ofendida.**
Putavit se de industria tam immobilem iacuisse et factionem
offensam ludere
Ella confiaba en que él tenía todo tipo de inteligencia.
confisus est ei omnes intelligentias habere

Como tenía en la mano la escoba larga, intentó hacerle cosquillas a Gregor con ella desde la puerta.

Quia forte manu spartum teneret, Gregoram ab ostio titillare conata est

Cuando no hubo éxito, ella se enojó.

Cum nihil proficeret, irata facta est

Y empujó un poco a Gregor.

et paulum in Gregor

Y sólo cuando lo empujó de su lugar sin ninguna resistencia se dio cuenta.

et cum eum de loco suo propelleret sine ulla resistentia, sensit

Cuando pronto se dio cuenta de los verdaderos hechos, abrió mucho los ojos.

Cum vera facta mox cognovit , oculos suos late patefecit

Ella silbó para sí misma, pero no se quedó mucho tiempo.

sibilabat sibi, sed non diu manebat

pero ella abrió la puerta del dormitorio

sed ostium conclave aperuit

Y gritó a gran voz en la oscuridad.

et exclamavit voce magna in tenebris

«Sólo míralo, murió«

» Aspicite, mortuus est«

»¡Allí yace, completamente muerto!«

» Ibi iacet, omnino mortuus est!

La pareja Samsa se sentó erguida en su cama matrimonial y tuvo que superar la sorpresa ante la criada.

Samsa coniugum rectus in lecto suo maritali sedit et impetum eorum superavit ad ancillam

Antes de que fuera posible recibir su mensaje

antequam acciperent nuntium

Pero entonces el señor y la señora Samsa, cada uno por su lado, se levantaron apresuradamente de la cama.

Sed tunc Dominus et Domina Samsa, unusquisque in latere suo festinanter e lecto surrexit

El señor Samsa se echó la manta sobre los hombros.

D. Samsa stragulum super humeros suos proiecit

La señora Samsa salió sólo en camisón.

Domina Samsa exivit in camisiam

Así que entraron en la habitación de Gregor.

itaque ingressi sunt cubiculum Gregorii

Mientras tanto, la puerta de la sala de estar también se había abierto.

Interim ostium ad conclave etiam aperuerat

La sala de estar donde Grete dormía desde que se mudaron los inquilinos.

exedra ubi dormivit Grete cum tenentibus moverunt

Estaba completamente vestida como si no hubiera dormido en absoluto.

erat indutus quasi non dormivit omnino

Su pálido rostro también parecía demostrarlo.

pallida facies etiam hoc probare videbatur

«¿Muerta?», dijo la señora Samsa y miró interrogativamente a la criada.

»Mortua est?« Domina Samsa dixit et percunctanter aspexit ancillam

Aunque ella misma podía comprobarlo todo e incluso reconocerlo sin comprobarlo.

quamvis ipsa omnia coerceret atque etiam sine recognitione cognosceret

-Creo que sí -dijo la criada, y para demostrarlo empujó con la escoba el cuerpo de Gregor bastante lejos hacia un lado.

Censeo, inquit ancilla, et hoc probans, corpus Gregorii longe ad latus scopae impulit.

La señora Samsa hizo un movimiento como si quisiera retener la escoba, pero no lo hizo.

Domina Samsa motum quasi scoparum retinere vellet, sed non fecit

Bueno, dijo el señor Samsa, "ahora podemos dar gracias a Dios".

Bene, ait Dominus Samsa: Nunc Deo gratias agere possumus.

Se persignó y las tres mujeres siguieron su ejemplo.

Ipse transiit et tres mulieres ejus exemplum secuti sunt

Grete, que no apartaba la vista del cadáver, dijo: "Mira qué delgado estaba".

Grete, qui oculos cadaveris non sustulit, "Vide, inquit, quam tenuis esset."

«Hace mucho tiempo que no come nada»

» Nihil tam diu comedit.

"A medida que la comida entraba, volvía a salir"

"Sicut cibus intravit, exivit iterum"

De hecho, el cuerpo de Gregor estaba completamente plano y seco.

Re vera, corpus Gregorii erat totum planum et siccum

Uno sólo se dio cuenta de esto ahora, cuando ya no lo levantaban por las piernas.

Solus hoc nunc animadvertit, cum pedes non esset elevatus

y porque nada más distraía la vista

et quia nihil aliud visum distraxit

-Ven un rato con nosotros, Grete -dijo la señora Samsa con una sonrisa melancólica.

» Ingredere nobiscum aliquantisper, Grete, « Domina Samsa cum risu stridulo dixit

Y Grete, no sin mirar atrás el cadáver, siguió a sus padres hasta el dormitorio.

et Grete, non sine cadavere respectantes, parentes in cubiculum secuti sunt

La criada cerró la puerta y abrió la ventana por completo.

Puella ianuam clausit et fenestram penitus aperuit

A pesar de ser temprano por la mañana, el aire fresco ya estaba un poco tibio.

Quamquam primo mane, recens aer iam paulo tepidus erat

Ya era finales de marzo

Iam finem Martii erat

Los tres inquilinos salieron de su habitación y miraron a su alrededor con asombro después del desayuno.

Tres tenentes e cubiculo suo egressi et post prandium suum obstupefacti circumspexerunt

Por lo que la criada encontró, ella había sido olvidada.

Propter id quod puella invenerat oblita est

«¿Dónde está el desayuno?», preguntó malhumorado el señor del medio a la camarera.

»Ubi est prandium?" Famula medius interrogavit grumpily

La criada se llevó el dedo a la boca y luego, apresurada y silenciosamente, saludó a los caballeros.

Ancilla digitum ori suo imposuit, deinde propere ac tacite ad viros emissa est

Para decirles que quieren ir a la habitación de Gregor.

iis dicere se velle ad cubiculum Gregorii venire

Vinieron y se quedaron alrededor del cuerpo de Gregor en la habitación ahora muy iluminada.

Venerunt, et circa corpus Gregorii stant in camera nunc clarissima

Entonces la puerta del dormitorio se abrió.

Tum cubiculum portae aperiuntur

Y el señor Samsa apareció con su librea, su esposa en un brazo, su hija en el otro.

et Dominus Samsa in sua liberatione apparuit, uxor in brachio, filia ex altero

Todos estaban un poco llorosos.

Omnis erat paulo flebilis

A veces Grete apretaba su cara contra el brazo de su padre.

Grete interdum faciem in bracchium patris pressit

«¡Salid de mi apartamento inmediatamente!», dijo el señor Samsa y señaló la puerta sin dejar salir a las mujeres.

»Protinus e conclavi meo!« Dominus Samsa dixit et ianuam ostendit sine feminas dimittere

-¿Qué quieres decir? -dijo el intermediario, algo consternado, y sonrió dulcemente.

» Quid vis ? « Medius homo, perculsus, blande risit

Los otros dos se pusieron las manos detrás de la espalda y las frotaron continuamente.

Alii duo post terga manibus continuis terebant

Como si estuvieran en alegre anticipación de una gran disputa, que tenía que resultar favorable para ellos.

quasi laeta exspectatio magnae controversiae, quae oportebat eos feliciter evenire

Quiero decir exactamente lo que digo, respondió el señor Samsa.

Prorsus quod dico, Samsa respondit Mr

y caminó en fila con sus dos compañeros hacia los caballeros.

et ambulavit in linea cum duobus comitibus ad nobiles

Este caballero primero se quedó quieto y miró al suelo.

Hic primus stetit et terram intuens

Como si las cosas en su cabeza se estuvieran organizando en un nuevo orden.

quasi res in capite suo se disponerent in novum ordinem

«Entonces vámonos», dijo y miró al señor Samsa.

» Deinde eamus« dixit et aspiciens Samsa in Mr

como si, en una humildad que lo invadió de repente, exigiera una nueva aprobación incluso para esta decisión.

quasi in mansuetudine repente eum vicerit, novam etiam huic sententiae adsensu exigentem

El señor Samsa simplemente asintió con la cabeza varias veces con los ojos muy abiertos.

D. Samsa modo pluries ei annuit latis oculis

El caballero se dirigió inmediatamente a grandes zancadas hacia la antesala.

Vir igitur statim longis gradibus in anteroom ambulavit

Sus dos amigos habían estado escuchando con manos muy firmes durante un rato.

duos amicos eius audierat firmissimis manibus aliquantisper

y ahora saltaban tras él, como si tuvieran miedo.

et nunc post eum saliunt quasi timore

Como si el señor Samsa pudiera entrar en la antesala antes que ellos e interrumpir la conexión con su líder.

quasi Dominus Samsa posset coram illis antecellam ingredi et nexum cum duce suo perturbare

En la antesala, los tres cogieron sus sombreros del perchero.

In antetorio omnes tres pileos e eculeo tunicae sumebant

Sacaron sus palos del contenedor de palos

extraxerunt baculo continens

Y se inclinaron en silencio y abandonaron el apartamento.

Inclinaverunt se tacite et exivit diaetam

En lo que resultó ser una desconfianza completamente infundada, el Sr. Samsa salió a la explanada con las dos mujeres.

In quo evasit omnino vanus diffidentia, Dominus Samsa in atrium cum duabus mulieribus exiit.

Apoyados en la barandilla, observaron cómo los tres caballeros descendían lenta pero constantemente la larga escalera.

in maledictum innixi tres iudices lente observabant sed gradus longi constanter descendebant.

En cada piso, en una determinada curva de la escalera, desaparecieron.

in unaquaque area in quadam flexura scalae evanuerunt

y después de unos momentos aparecieron de nuevo

et post aliquot momenta rursus apparuerunt

Cuanto más avanzaban, más perdía interés la familia Samsa en ellos.

quo longius irent, eo magis Samsa familia in eis usuram amisit

y todos regresaron a casa, como si estuvieran aliviados.

et quisque in domum rediit, quasi relevatus

Decidieron aprovechar el día para descansar y caminar.

Constituerunt hodie ad requiem et ad ambulandum

No sólo merecían este descanso del trabajo, sino que lo necesitaban absolutamente.

Non solum hoc opus abrumpere meruerunt, sed omnino indiguerunt

Y entonces se sentaron a la mesa y escribieron tres cartas de disculpa.

Et discumbentes sic fecerunt tres epistolas apologie

El señor Samsa escribió su carta a su dirección.

Dominus Samsa litteras suas ad administrationem suam scripsit

La señora Samsa escribió su carta a sus clientes.

Domina Samsa scripsit eam epistulam ad clientes suos

y Grete escribió su carta a su director

et Grete scribens epistolam suam principalem

Mientras todos escribían, entró la criada para decir que se iba.

Haec cum scriberent, venit ancilla ut se discederet

porque su trabajo matutino había terminado

quia eius operis mane complevit

Los tres escritores simplemente asintieron al principio sin levantar la vista.

Tres scriptores primo adnuerunt sine sursum

Sólo cuando la camarera todavía no quería irse, la miraron con enojo.

Famula tantum cum adhuc discedere nolebat, irata in eam spectaverunt

- ¿Y bien? - preguntó el señor Samsa.

»Quid ergo?« Samsa rogavit Mr

La camarera se quedó sonriendo en la puerta.

Famula subridens ad ostium stetit

Como si tuviera una gran fortuna que contar a la familia.

quasi magnam fortunam referre ad familiam

Pero ella sólo lo haría si la interrogaran a fondo.

sed hoc tantum faceret, si penitus interrogaretur

La pequeña pluma de avestruz casi erguida de su sombrero se balanceaba ligeramente en todas direcciones.

Pluma struthionis fere erecta in pileum leviter in omnes partes inclinata

Al señor Samsa le molestó la pluma de avestruz durante todo su servicio.

D. Samsa angebatur a pinna struthionis in toto suo servitio

«¿Qué es lo que realmente quieres?», preguntó la señora Samsa.

»Quid ergo vis actu?« Domina Samsa rogavit

La camarera todavía tenía el mayor respeto por la señora Samsa.

Famula adhuc summa reverentia Dominae Samsa

Sí, respondió la criada, incapaz de seguir hablando debido a su risa amistosa.

Imo, ancilla respondit, loqui non posse propter amicae risum

»Así no tendrás que preocuparte por cómo deshacerte de las cosas de al lado«

» Curare ergo non debes quomodo materia proxima carere «

Lo solucionaré, está bien, añadió.

Exstat eloquar, Bene addidit.

La señora Samsa y Grete se inclinaron sobre sus cartas como si quisieran seguir escribiendo.

Domina Samsa et Grete literis suis inclinaverunt quasi scribere vellent

El señor Samsa se dio cuenta de que la camarera ahora quería comenzar a describir todo en detalle.

Dominus Samsa animadvertit Famulam nunc velle incipere omnia in speciali describere

Pero él lo rechazó resueltamente con la mano extendida.

Sed hoc constanter reiecit manu extenta

Pero como no le permitían contarlo, recordó la gran prisa que tenía.

Sed quoniam narrare non licebat, recordata est tantae festinationis

Ella gritó, visiblemente insultada: «Adiós a todos», y se dio la vuelta violentamente.

Clamabat, scilicet insultabat: »Adiou omnes« et incanduit

y salió del apartamento dando un portazo terrible

et conclavi terribili slamming fores reliquit

«Será liberada por la tarde», dijo el señor Samsa.

» Ad vesperum dimittetur, « Samsa dixit Mr

Pero no recibió respuesta ni de su esposa ni de su hija.

sed nihil ab uxore vel filia accepit

porque la criada parecía haberla molestado apenas recuperó la paz nuevamente

quia puella turbavit eam vix pacem recepit

Se levantaron, fueron a la ventana y se quedaron allí, abrazados.

et surgentes venerunt ad fenestram et ibi morati sunt tenentes se invicem

El señor Samsa se dio la vuelta en su silla y los observó en silencio durante un rato.

Dominus Samsa conversus in sella sua eos tacite observavit ad tempus

Entonces gritó: «¡Venid aquí!»

Tunc exclamavit: "Venite huc".

»Dejemos atrás las cosas viejas«

» vetera abeamus retro «

»Por favor, ten un poco de consideración conmigo«

»Parum consideratione de me sis«

Las mujeres lo siguieron inmediatamente, corrieron hacia él, lo acariciaron y rápidamente terminaron sus cartas.

Mulieres statim secutae, ad eum concurrerunt, eum amplexati sunt, et celeriter litteras compleverunt

Luego los tres salieron juntos del apartamento.

Tum omnes tres una conclavi relicto

No habían hecho esto durante meses

menses non fecerunt

y tomaron el tranvía eléctrico hasta las afueras de la ciudad.

et tulerunt tramitem electricum in extrema parte urbis

El coche en el que estaban sentados solos estaba completamente bañado por el cálido sol.

Raeda, in qua solus sedebant, in sole calido totaliter perfundebatur

Discutieron, cómodamente reclinados en sus asientos, las perspectivas para el futuro.

Discutiunt, sedibus suis commodius recumbens, expectationem in posterum

Y se descubrió que estas perspectivas para el futuro, al examinarlas más de cerca, no eran del todo malas.

et haec res in futurum diligentius inspectis, minime malis compertum est

Porque los tres trabajos eran, algo que aún no se habían preguntado, extremadamente favorables.

quod omnia tria opera essent, quod nondum inter se quaesierant;

Y los trabajos eran prometedores, especialmente para más adelante.

et opera pollicebantur, praesertim postea

La mayor mejora inmediata de la situación tendría que venir, por supuesto, de un cambio de residencia.

Proxima emendatio rei maxima ex mutatione commorationis utique provenire debuit

Ahora querían alquilar un apartamento más pequeño y más barato, pero mejor ubicado y en general más práctico.

hi nunc minorem et viliorem accipere voluerunt, sed melius locatum et plerumque utilius diaetam

Mejor que el apartamento actual, elegido por Gregor

melius quam diaetam hodiernam, quam elegit Gregor

Mientras conversaban, el señor y la señora Samsa, al ver que su hija se animaba cada vez más, pensaron en algo:

Dum inter eos loquuntur, Dominus et Domina Samsa, videntes filiam suam magis magisque vivaciorem, aliquid cogitabant

Casi al mismo tiempo se dieron cuenta de cómo se había convertido en una muchacha hermosa y voluptuosa a pesar de todos los cuidados que habían hecho palidecer sus mejillas.

eodem fere tempore animadverterunt quomodo puella pulchra et luxuriosa effloruisset in tanta cura, quae genas pallidas fecerat.

Cada vez más tranquilos y comunicándose casi inconscientemente a través de miradas, pensaron que ya sería el momento de buscar un buen hombre para ella.

Quietiores facti et paene inscii per aspectus communicantes, putabant iam tempus fore ut bonum virum ei quaererent.

Y fue como una confirmación de sus nuevos sueños y buenas intenciones cuando, en el destino de su viaje, su hija fue la primera en levantarse y estirar su cuerpo juvenil.

Et fuit quasi confirmatio somniorum novorum et bonarum intentionum, cum, destinato itinere, filia eorum prima fuit stare et corpus iuvenile extendere.